映画ノベライズ

潔《きよ》く柔《やわ》く

下川香苗

原作 いくえみ綾

脚本 田中幸子・大島里美

映画ノベライズ

潔《きよ》く柔《やわ》く

目次
Contents

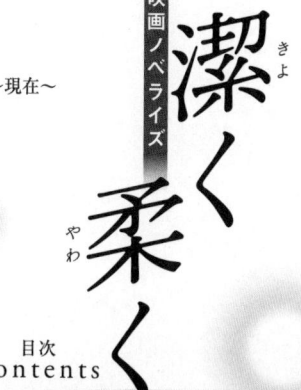

映画ノベライズ

潔《きよ》く柔《やわ》く

大切な人を失っても、人はまた愛することができるのでしょうか。

scene 1

おさななじみ

～ カンナ・高校一年生 ～

その人は、いつもそばにいた。

初めて会ったときが、いったいいつで、どんなふうだったか。もう記憶にないほどの昔から、ハルタはカンナのそばにいた。

築数十年の団地でとなりあった部屋に住んでいて、年齢も同じ。幼稚園もいっしょにかよって、小学校も、中学校も、同じところへ行った。

そして、今日からはまた、いっしょの高校へ通学することになる。

「おはよー、ハルター！」

カンナが真新しい制服に身をつつんでコンクリートの階段をおりていくと、下から駆けあがってきたハルタは、カンナを見るなり顔をしかめた。

「おめぇ、遅刻してんのに、ヨユーすぎじゃね」

「え？　もうそんな時間？」

駆け出したハルタのあとを、あわててカンナも追っていく。二人で走って大通りまで出ると、バスはもう停留所まできていた。

「やべっ！」

発車しようとしたバスを、ハルタが両手を大きくふって止める。

息をきらして二人で乗りこむと、カンナとハルタはさっそく乗降口《じょうこうぐち》にあるミラーを競ってのぞきながら、新しい制服のネクタイを結んだ。まだ二人とも慣れていなくて、なかなかうまく結び目がつくれない。

乱れた髪も手でなでつけて、ようやく服装を整えたところで、カンナは大きく息をついてから窓の外へと目をやった。徒歩や自転車でかよっていた中学校までとちがって、バスに乗って通学するというのは新鮮な感じがする。

窓の外を、住み慣れた町の風景が流れていく。

片側には海がひろがり、反対へ目をうつすと、なだらかな山がつらなっている。コンビニやファーストフード店もあるけれど、古びたビルや木造の建物も多く残っていて、町角にはまだ丸ポストが現役でがんばっている。

海沿いのこの町で、同い年のカンナとハルタは、いつもいっしょにならんで歩くようにして暮らしている。


高校へ到着して、さっそくクラス編成の発表を見に行ってみると、瀬戸《せと》カンナの名前と、ハルタの本名・春田《はるた》一恵《かずえ》が同じクラスの欄《らん》にみつかった。一学年には何クラスもあるというのに、やっぱり二人は縁《えん》があるらしい。

入学式のあと、一年五組の教室へ入ったカンナは、自分の席で緊張ぎみに体を固くしながら新しいクラスメイトたちをながめていた。

同じ中学からきているのか、すでにくつろいだようすで備品のバレーボールを投げあっている男子生徒たちなどもいるけれど、カンナには顔見知りはハルタ以外にいない。早く友達をつくらなきゃ。こういうことは最初がかんじんなんだから。とは思うものの、なかなかまわりに声をかけられない。

一方、ハルタのほうは、早くもクラスにとけこんでいて、まわりには数人のクラスメイトがあつまっていた。

「オレ？　オレはハルタでいいよー」

なんて言いながら、気軽にみんなとしゃべっている。ハルタは、いつでもこんな調子だ。明るくて、陽気で、どこでも人気者になる。

あたしもがんばらなくちゃと、カンナがあらためて教室の中を見まわしてみると、窓ぎわの席にいる女子生徒が目にとまった。

その子はだれともしゃべらず、頬《ほお》づえをついて外をながめている。目もとが涼しげで、ショートカットがよく似合う。

うん、あの子、いいな。友達になりたいな。よし、思いきって話しかけてみよう。カンナがそろそろと近寄っていって、

「あのー、あたし、桜幌丘中からなんだけど」

遠慮がちに声をかけたとき、いきなり、後頭部になにかがいきおいよくぶつかってきて、がくんっと首が前へ折れた。つんのめって倒れかけたのを、そばの机に手をついてあやうく踏みとどまる。

「……あ！」

しまった、という感じの声が、後ろから聞こえた。カンナの視界の端に、バレーボールが床にころがっていくのが見える。

「いったーっ！」

後頭部を押さえながらふり向くと、やばい、という顔をして、男子生徒がカンナを見ていた。

「だ、だいじょうぶ?」

窓ぎわの席の女子生徒が目をみはりながら、痛さで涙ぐみかけているカンナを気づかってくる。

「ごめん。手、すべった」

男子生徒はあやまりながら近寄ってこようとしたけれど、カンナの席までくることはできなかった。それより先に、男子生徒の顔へ、真正面からバレーボールがぶつけられたからだった。

男子生徒は鼻を押さえて、うめきながら背中をまるめる。カンナもびっくりして、自分の痛みのほうを忘れてしまった。

「……気ーつけろよ」

その声にカンナがふり向くと、ハルタが男子生徒をにらみつけていた。

バレーボールをぶつけられた男子生徒は体を起こすと、じっとハルタを見つめてから、一歩ハルタのほうへ近づく。もんくあんのかよ、とばかりに、ハルタも男子生徒につめ寄った。二人は無言でにらみあう。そして、はじかれたようにハルタがつかみかかると、男子生徒のほうも負けじとハルタの衿《えり》もとをひっつかんだ。

「ハルタ！」

カンナはハルタの腰に両腕をまわして、けんめいに止めようとする。

「やめなって！　マヤッ！」

すると同時に男子生徒のほうにも、カンナと同じように、窓ぎわの席のあの女子生徒が飛びついた。

二人でけんめいに止めたけれど、ハルタと男子生徒はふりきって、おたがいにつかみかかる。そのあとは、もう止めようがなく、床にころがって取っ組みあう大ゲンカになってしまった。

入学初日からケンカなんて、最悪のスタートになった——はずだったのに、それが四人で仲よくなるきっかけになったのだから、つくづくふしぎなことがあるものだ。

カンナにボールをぶつけた男子生徒は、真山稔邦《まやまとしくに》。

それを止めた女の子は、川口朝美《かわぐちあさみ》。

朝美は中学校のときも真山と同じクラスだったらしく、それで親しげに「マヤ」と呼んでいるのだという。

カンナと朝美はその日から、「男子って、すぐケンカしてしょーがないよねー」「ほんと、ほんと」と意気投合した。

ところが、ハルタと真山のほうも、気がついたら、ずっと以前からの友達のように親しくなっていた。あれほどいがみあっていたくせに、いったいどういうことなのやら。男の子たちは、あたしにはわからない仕組みで、いつのまにか仲よくなってたりする。カンナは感心して、そんなことを思ったりした。

こうして、四人でよくいっしょに行動するようになったのだけれど、校内ではけっこうめだっていたらしい。

なんといっても、ハルタと真山はすごくモテる。

「好きです。つきあってください」

思いつめた表情の女子生徒から真山がそう言われている現場を、カンナたちも目撃したことがある。

「……ごめん」

真山はすまなそうな顔をしながらも、はっきりとことわっていた。

カンナと朝美は逃げるようにその場を離れてから、「見た？　見た！」「あれって、やっぱ告白!?」と興奮《こうふん》して大騒ぎしたものだった。

またあるときには、放課後、路面電車に乗っているときに、同じ高校の女子生徒たち数人から声をかけられて、ハルタとつきあってるの？」

「ねえ、瀬戸さんて、ハルタとつきあってるの？」

と、真剣な顔で質問された。

「え～、幼《おさな》なじみなだけだよ」

「真山は？　朝美は、真山とつきあってるよね？」

「え、同中なだけだよ？」

「え～、でも、いつもいっしょにいるじゃん、四人で」

「だって、友達だもん」

そこまで聞くと、女子生徒たちは安心したように表情をゆるめて、

「そっか。じゃあ、いーんだ」

などと勝手に納得すると、おたがいに顔を見あわせてうなずきあいながら、カンナたちから離れていった。

「はぁ～っ、あいつら、モテるねー」

ある日の帰り道、朝美はため息をもらしてから、ふっと声をかげらせた。

「あたしさぁ、わりといやなんだー。なんか、頭固いのかもしんないけど、だれかとだれかがくっついちゃうと、もう四人ではいられないのかなぁとか」

「そっか。そうだよね」

わかるよという感じに、カンナもうなずいた。

だって、四人組で行動するのは、ほんとうに楽しいから。真山はいいやつだし、朝美も頭がよくて、やさしくて、しっかり者で、第一印象どおりのすてきな子だった。こんなふうに仲よくなれた女の子は、カンナにはこれまでにいなかった。今までは、親しい女友達の代わりに、ハルタがいたようなものだから。

だから、朝美や真山といられなくなるなんて、絶対にいやだ。

もちろん、ハルタがだれかとつきあいはじめて、いっしょに行動できなくなるのも考えられないのだけれど——。

「あ、ね、知ってる？　ハルタとマヤ、バイトしてるみたい」

朝美は笑顔になって、話題を変えた。

「えっ？　なんで？」

「バイク、欲しいんだって」

「バイク？　聞いてなーい」

「きっと、〝うりゃ〟って見せたいんだよ。〝うりゃ、うりゃ〟、って」

朝美はバイクのハンドルをにぎるしぐさをして、クイックイッとまわす動作をしてみせる。ハルタたちが同じようにやっているところが頭にうかんできて、

「〝うりゃ〟、って」

カンナも笑って、朝美のまねをした。

朝美の言うとおり、ハルタたちはいきなりバイクに乗ってきて、どうだ、すげぇだろ、と自慢するつもりでいるのかもしれない。男の子というのは、そうやって、〝うりゃ〟をしたいものなのかもしれない。

朝美がまた「うりゃっ！」と言って、まるでバイクに乗っているように駆け出した。カ

ンナもまねをして追いかける。二人は声をあげて笑って、〝うりゃ〟のポーズをくり返しながら商店街の通りを駆けていく。

通りすぎる人たちがあきれた顔をして見るけれど、それさえ心がはずむ。いっしょにふざけて笑いあえる、そういう友達がいるのはほんとうに楽しい。


そんなころの夜。カンナがテーブルに向かって勉強していると、ふいに、ベランダのガラス戸が外から開けられた。

だれが開けたのか、カンナには見なくてもわかる。ベランダから入ってくる人なんて、一人しかいない。だからカンナは、ノートに向かったままでいた。

ハルタは遠慮のない足どりで中まで入ってくると、まるで自分の部屋でくつろぐような態度でベッドの上へ寝そべった。手近にあった雑誌をめくりながら、鼻歌なんか口ずさんでいる。

カンナはノートにシャープペンを走らせながら、ハルタへ声をかけた。

「……あのさあ、いちおう女の子の部屋なわけだしさ。だまって入ってくんの、やめないかなあ?」

「じゃあ、鍵《かぎ》閉めろや」

「メールすればいいじゃん。してよ」

「メール？　めんどくせー」

いかにもいやそうにハルタは顔をしかめてから、壁の一点で視線を止めた。

そこには、クレヨンで描かれた絵が二枚貼《は》ってあった。

もう何年も前にハルタが描いた絵で、なにも描かれていない部分はすでにうっすらと黄ばみはじめている。正体不明の生き物にしか見えないけれど、描いた本人としては、恐竜か、怪獣のつもりだったらしい。背中がギザギザになった茶色の怪獣と、全身に斑点《はんてん》があって、大きなツノのはえた怪獣。

「掃除《そうじ》したら、出てきた。なつかしいっしょ？　サインしとく？」

カンナはからかうように言って、手に持ったシャープペンをふってみせた。

「はあ？　ふざけんな」

ハルタは顔をしかめたけれど、なにか思いついたように笑うと、カンナの手からさっとシャープペンをとりあげて、画用紙にではなく、そばの壁へじかに『けっさく』と大きく書きしるした。

「あーっ、ちょっと！」

カンナはあわてて壁をたしかめて、なにすんのよ、とハルタの足をたたこうとした。

「いいじゃん」

すばやくハルタは、カンナの手をよける。そして、ベッドからおりてカンナの横へやってきて、テーブルの上にひろげてあるノートをのぞきこんできた。

「よくないっ！　消して」

カンナが消しゴムをつき出しても、ハルタは無視する。

「それ、テスト出んの？」

「話、そらすな。ここ、おぼえとくようにって言ってたよ」

カンナはノートの上を指でしめしたけれど、ハルタは「ふーん」と気のない返事をしてながめてから、カンナを見た。二人の目があう。口を閉ざしたカンナに、ハルタが顔を近づけていく。

数秒間、くちびるをあわせたあと。ハルタはだまって立ちあがると、

「……おやすみ」

背を向けながら言って、再び、ベランダの戸を開けた。ハルタが手すりをつたって帰っていく音を、カンナはテーブルの前にすわったままで聞いている。

初めてキスしたのは、このあいだの春休みだった。

二人そろって同じ高校に合格して、お祝いしようということになって、ハルタが部屋へ

きて……。ふっと会話がとぎれたときに、ハルタがくちびるを寄せてきて、カンナもそれをうけとめた。

それから、ときどきキスしている。

でも、これは、たいして意味のあることじゃない。

「だれかとだれかがくっついちゃうと、もう四人ではいられないのかなぁとか」――朝美のことばがふっと頭をかすめたりするけれど、これは、そういうのとはちがう。好きとかつきあってとか、言われてないし……。

たとえば、野良猫《のらねこ》どうしのキスみたいなもの。

猫が鼻と鼻をつんっと軽くつきあわせる、あの感じ。あいさつというか、親愛のしるしというか。それだけのこと。

ただ、だれにもうちあけてはいない。

だから、秘密といえば、秘密なのだけれど……。

カンナは立ちあがると、ハルタが壁に書いていった文字を見なおした。

「……漢字で書けっつーの」

少し笑ってつぶやきながら、文字を消しゴムでこすっていく。

それにしても――。

この怪獣の絵を描いたころは、スケッチブックとクレヨンを持って、「カンナちゃーん、あーそーぼー」なんてむじゃきにやってくる子だったのに。気がついたら、今は、キスしてくる男の子に成長している。

scene 2

花火大会の夜

〜 カンナ・高校一年生 〜

カンナたちの四人組は、学校にいるときだけでなく、外でもしょっちゅういっしょに遊んでいた。

浜辺をぶらついたり、ファーストフード店へ行って何時間もおしゃべりしたり、プリクラを撮ったり。四人いっしょだと、なにをしていても笑いがたえない。毎日楽しくすごしているうちに、季節が流れていく。

その夜も、四人そろって、近くの神社の夏祭りに出かける約束をしていた。

夏の長い陽《ひ》がまだ暮れきらないうちから、神社の近辺には、すでにたくさんの人があつまってきている。カンナと朝美《あさみ》がひと足先について、参道《さんどう》の入り口あたりで、ハルタたちがくるのを待っていると、

「あのぅ～、カンナちゃん」

と、おずおずと声をかけてくる男の子がいた。

「あー、ひさしぶり、清正《きよまさ》くん。ハルタのいとこ」

カンナが朝美に紹介すると、

「えー、ハルタの?」

朝美はびっくりしたように清正を見てから、あいさつ代わりに微笑《ほほえ》んでみせる。

小峰《こみね》清正は同い年で、幼《おさな》いころからよくハルタと遊んでいたので、自然とカンナとも顔

見知りになった。顔立ちはやはりハルタと少し似ていて、いつもにこにこしているような、気のいい男の子だ。

「どーも。あの……」

清正は朝美に向かってちいさく頭をさげてから、ちらっと後ろをうかがった。

鳥居《とりい》の陰《かげ》から男の子たち二人がこっちを見ていて、「行けよ」「さそえよ」としきりに小声でけしかけている。どうやら、清正のつれらしい。

「あのぉ……、二人?」

思いきったように、清正がそう言ったとき、

「じゃねーよ、バーカ」

カンナたちと清正のあいだへ、ふきげんそうな声がわりこんできた。

いつのまにきていたのか、ハルタがむっとした顔で清正をにらみつけていて、その後ろには真山《まやま》もいる。

「いっちょまえにナンパしてんじゃねーよ、ヘタレが」

ハルタは足をふりあげて、あっちへ行けとばかりに清正の尻《しり》を蹴《け》った。

「いてっ、てっ!　ちがうよ、こいつらが行けって……」

清正はびくっと飛びあがって、友達といっしょに、ころげるように参道の人波の中へま

ぎれていった。

ハルタはそれを見送ったあと、くるっと向きなおると、こんどはカンナたちにもんくをつけてきた。

「てか、おまえら、なんで浴衣《ゆかた》じゃねーんだよ。見ろよ、あのすてきな女子たちを」

などと言って、近くを通っていく浴衣すがたの女の子たちを指さす。たしかに、カンナも朝美も、少々よれたシャツにデニムスカートというまったくのふだん着できている。

「だって、めんどくさいし、歩きにくいもん」

カンナが口をとがらせると、ハルタはそっぽを向いて言った。

「あーあ、もうおまえらには金魚おごってやらない」

「金魚すくい？　やろうよ」

「浴衣じゃなきゃ、やだ」

浴衣、浴衣と、ハルタはしつこい。

男の子って、そんなに浴衣の女の子がいいんだろうか。浴衣着るのがけっこう手間《てま》かかるって、男の子は知らないから。髪もアップにしないとだめだし、慣れないゲタでうまく歩けるか自信ないし。カンナがそんなことを思っていると、

「着てくれれば、よかったかな」

となりで朝美が、ぽつりとつぶやいた。

「……朝美って、女の子だなぁ」

朝美は成績も優秀で、しっかり者だけれど、その一方で、すごく女の子っぽいところがある。そういうところもカンナにはないもので、見習わなきゃとは思うのだけれど、思うだけでなかなか身につかない。

ハルタはやっと浴衣の話題をやめて、四人でつれだって、夜店が軒《のき》をならべる参道を歩きはじめた。

輪投《わな》げ、フウセン釣り、綿菓子《わたがし》やリンゴ飴《あめ》。焼きそば、たこ焼きとかは、ふだんでも食べられるのに、こういうところだと何倍もおいしそうに見える。射的《しゃてき》をして遊んだり、かき氷を食べたり、四人でいると、夜店もいつも以上に楽しい。

「あ、チョコバナナ！」

もうお腹《なか》いっぱいになるほどいろいろ食べたのに、甘い香りにさそわれるように、カンナは店へ寄っていった。

「ねー、チョコバナナ、半分こしない？」

それは朝美に言ったつもりだったけれど、カンナがふり返ると、そばには真山しか見あたらなかった。

あたりを見てまわっても、ハルタと朝美のすがたはみつけられない。あちこちさがして歩いていくうちに、カンナと真山は参道のにぎわいからはずれて、近くを流れるせまい川にかかる橋の上へきていた。

そのあたりは街灯もなくてうす暗く、あまり人も通らない。「朝美たち、どこ行ったのかなあ」などと言いながら、カンナは真山とならんで橋の欄干《らんかん》に寄りかかって、暗い川面《かわも》をながめる。

「鴨《かも》、いないね」

「寝てんじゃね」

「マヤ、好きな人、いないの？」

ふと思いついて、カンナはたずねてみた。こういうことは、四人そろっているときには話しにくい。でも、ハルタや朝美と二人だけで行動することはあっても、真山と二人になる機会はあまりない。

「は？　どういうつながりだよ」

急に話の矛先《ほこさき》を向けられてとまどう真山に、カンナは笑って答えた。

「だって、モテるじゃん、マヤ」

「オレ、モテないよ。おまえのほうがモテんじゃん」

「え、あたし？　ぜんぜんモテないよー」

冗談なのか、おせじなのかと、カンナは笑い飛ばしたけれど、となりにいる真山の顔からは笑いが消えていった。

「……ばかだな。カンナは、自分を知らないんだ」

真山はじっと、カンナを見つめる。そのまなざしは真剣で、少し怖いほどだった。こんな真山の顔は見たことがない。いつもいっしょにふざけて遊んでいる真山とは、まるで別人のようにさえ見える。

カンナを見つめたまま、真山は言った。少し低い声だったけれど、はっきりと。

「来週の花火大会、二人だけで行こう」

「え……？」

今、「二人だけで」って言った？　カンナが問い返そうかと思ったとき、

「カンナ！」

朝美の声が、うす暗がりにひびいた。はっとして欄干から体を起こしてそちらを見ると、朝美が小走りにやってくる。

「なにやってんの！　もう～っ、さがしたよー！」

「ごめーん！」

朝美の後ろからはハルタもやってきて、携帯電話を手にしながら真山に言った。

「おまえ、なに電源切ってんの？」

「ん？　そうだっけ？」

真山はポケットから携帯電話をとり出して、電池切れかな、とつぶやきながら、ボタンをいじっていた。


それからも陽射《ひざ》しは日ごとに強さを増していって、やがて、終業式の日をむかえた。

学校じゅうが解放感につつまれて、生徒たちは夏休み中の遊びの相談などしながら、友達どうしでつれだって帰っていく。

四人組もいつものようにいっしょに学校を出て、どこか寄って行こうと話しながら帰り道をたどっていた。

「あ〜っ、終わったーっ！」

夏休みをいちばんよろこんでいるのはハルタで、通知表を手に思いきり伸びをする。

「ハルタの見せてー」

朝美が手をのばしてきたのを、ハルタはさっとよけた。通知表を見られるの自体もいやなのだけれど、朝美は学年でも指折りの秀才なので、くらべられるとさらに恥《は》ずかしい。

「だーめっ」

「ケチ！」

見せてよ、だーめ、いーじゃん、とくり返しながら、ハルタと朝美は先を行く。カンナは笑ってそれをながめながら、真山とならんで後ろを歩いていく。

四人はまず、ファーストフード店でひと休みしてから、一学期終了の記念にプリクラを撮ろうということになった。

はでな写真がついた目隠しカーテンの向こうへ四人で入ると、カンナとハルタが前になって、まず一枚撮る。それから位置を変えて、前にハルタと朝美が中腰になってならんで、その後ろにカンナと真山が立った。

「んじゃ、撮りまーす」

ハルタがカメラに向かって笑顔をつくりながら、明るく声をかけた。

四人で画面におさまろうとすると、体をくっつけあうようにしなければならない。カンナの肩先に、となりに立つ真山の肩がふれる。

あれから、真山は花火大会のことは口にしない。「二人だけで行こう」——あれはどういう意味だったのか。ずっと気になっているけれど、案外と、真山のほうはもう忘れているのかもしれない。カンナがそんなふうに考えたとき、右手になにかがふれた。

真山の手だった。

真山の左手が、カンナの右手をつかんで、力をこめてにぎる。でも、真山は表情を変えることなく、前を向いたままでいる。

「おっしゃ、ラストでーす」

ハルタが声をかけると、真山はつないだ手を背中の真後ろまで動かした。ハルタと朝美には、絶対に見えない位置まで。それから、あいている右手のほうで、Vサインを出してみせる。

フラッシュが光る。

後ろで手をつないだままで、カンナと真山はカメラに向かう。真山に強くにぎられた手を、カンナはほどこうとはしなかった。

その夜も、ハルタはなんの予告もなく、ベランダからカンナの部屋へ入ろうとした。

でも、慣れたしぐさで戸を開けたとたん、「あっ!」とハルタは声をあげた。カンナがちょうど、Tシャツを着ようとしているところだったからだ。

「メールしてって言ったでしょ!」

カンナの怒る声を背中にうけながら、ハルタはあわててベランダへもどる。

だから、いきなりこないでって言っておいたのに……。心の中でもんくをつけながらカンナは着替えをすませると、ベランダをのぞいて声をかけた。

「もういいよ」

でも、ハルタからは返事がない。

「ハルタ?」

どうしたんだろうと思ったら、ハルタは手すりに寄りかかって夜空をながめている。カンナもとなりへならんで、同じように空をあおいで声をあげた。

「わぁ……」

こんなにも星があったのかと思うほど、夜空いっぱいに光の粒《つぶ》がちりばめられている。

何十光年の彼方《かなた》からのきらめきをながめていたら、さっきのハルタの無礼への怒りも忘れてしまった。

「ね、バイク、買うんでしょ?」

カンナは夜空から、となりのハルタに視線をもどした。

「えっ、なんで知ってんの?」

「朝美から聞いちゃった」

「んだよ。つまんね」

「ハルタのが、先に免許《めんきょ》取れるね」

「先って？」

「だって、マヤより早いじゃん、誕生日」

「え、あー、うん……。プレゼント、なにくれんの？」

「え？　そんなの、まだ考えてないよ」

「マジか？」

「いいじゃんっ。どーせ、ハルタは、ほかの女の子からいっぱいもらえるんだから」

「それ……、関係ねーだろ」

ハルタは少し顔をしかめてから、手すりにもたれて胸を反《そ》らすようにしながら声を大きくした。

「あーあ、バイク買ったら、いちばん好きな女乗せよー」

「あたしは、バイク怖いよ」

ハルタの動きが、ふっと止まった。そのまま、ハルタは口をつぐむ。

しばらく沈黙が流れたあと、

「……だれが、おまえだって言ったよ」

ハルタはそうつぶやくと、おやすみも言わずに手すりをのりこえていった。カンナもだまったままで、ひき止めたりはしなかった。

今日は、猫のキス、しない。

夜風の吹きぬけるベランダに一人残ったカンナは、となりの部屋の物音を聞きながら、そんなことを考えていた。


花火大会が開催される日。

ハルタ、真山、それに清正は、その日も、海にほど近いガソリンスタンドでアルバイトにはげんでいた。

ガソリンスタンドではたらいていると、ときどき、ふだんの生活では縁《えん》のない高級車に接することもできる。スポーツタイプの外車などを見ると、すごいな、かっこいいな、と見とれてしまう。

でも、ハルタたちが今欲しいのは、やっぱりバイクだった。

こまわりが利《き》いて、どこへでも行ける。風を切って疾走《しっそう》していく、バイクならではの感覚を味わいたい。そのためにも早く資金を貯《た》めたくて、この夏休みのあいだに、できるかぎり稼《かせ》ぐつもりでいる。

「なんか、オレ、コクられたんだけど」

清正がとぎれたところで、清正がそんなことを言いだした。半分は自慢げなようでもあるけれど、半分は不安そうな感じもする。

「マジ⁉　つきあうの⁉」

ハルタがいきおいこむと、清正はあいまいに答えた。

「うーん、たぶん」

「おおっ、ついに清正、ヘタレ卒業か！」

「るせーな！　おまえらみたいに前からモテるやつには、オレのとまどいはわかんねーよな、どーせ」

「ぷっ、とまどい？　なんだ、その青春してる感じ」

ハルタのからかうような言いかたに、清正がむっとしていると、それまでだまって聞いていた真山がぽつりとつぶやいた。

「……オレ、好きなやつができた」

「おっ？」

「この前合コンした北高《きた》の子？」

ハルタと清正が、興味しんしんでたずねる。

「ちがう」

真山が短く答えると、ハルタはさらに質問をかさねた。

「だれ？　オレの知ってるやつ？」

「……おまえは、どうなんだよ」

「オレ？」

逆にたずね返されてしまって、ハルタは視線をはずしてうつむく。答えを待つように、真山はじっとハルタを見ている。

わずかに気まずいような沈黙が流れたとき、そこへ店長がやってきた。

「おまえら、このまま、夜のシフトもいけるか？」

「閉店まで、できまーす」

「オレも」

ハルタと清正はすぐに答えたけれど、真山だけは、すみません、と店長に頭をさげた。

「オレ、用事があります」

そのあとからは、真山は作業にはげんで、「好きなやつ」について、もうハルタに質問をくり返したりはしなかった。

その日の午後、カンナは自分の部屋で、なにをするでもなくすごしていた。

夏休みの課題をひろげてみても、ほとんど手につかない。しかたなくベッドに横になって、ぼんやりと天井をながめる。

花火大会は、今夜。でも、はっきり約束したわけじゃない。プリクラのときには、あんなことがあったけれど……。

テーブルの上に置いてあった携帯電話が鳴ったのは、そんなふうに真山のことを考えていたときだった。画面をたしかめて、カンナの心臓が大きく波打った。発信者には、真山が表示されている。

「……もしもし？」

おずおずとカンナが呼びかけると、電話の向こうからも、手さぐりするような低い声が返ってきた。

『今日、こられる？』

「ハルタと朝美は？」

数秒の間があってから、真山は静かに言った。

『おれら、一生つるんでなきゃなんないの？』

そのことばに、カンナは胸をつかれた。四人組でどんなに楽しくても、いつまでも、このままでいられるわけじゃない。それは、わかっている。

『じゃあ、待ってるから』

カンナの返事を待たずに、真山のほうから通話は切れた。

待ち受け画面にもどった携帯電話を、カンナはじっとにぎりしめる。窓の外で物音がした気がして、はっとしてそちらへ目をやったけれど、ベランダにはだれもいなかった。


花火大会の会場へ向かう道を、カンナはゲタを鳴らして歩いていく。明るい水色をした浴衣のすそがゆれて、ピンクや黄色の花模様が躍《おど》る。

慣れないゲタは鼻緒《はなお》のところが痛くて、あまり早く歩けない。浴衣は暑いし、何重にも巻いた帯もきゅうくつだった。

でも、浴衣にふさわしいようにしなければという気分になって、自然としぐさがしとやかになる。

真山との電話のあと、カンナはあわただしく出かける準備をはじめて、たんすにしまいこんであった浴衣をひっぱり出して、母親に着付《きつ》けてもらい、髪もアップにまとめてもらった。

両足の指を鼻緒で痛くしながらカンナが会場まで行くと、先にきて待っていた真山の顔に、ぱっと笑みがひろがった。カンナの浴衣すがたをつくづくとながめて、真山は目をほそめる。

それから、カンナと真山はつれだって、夜店でたこ焼きやかき氷を食べたりした。

赤、青、黄、緑、金色、多彩にかがやく花火に、すごい、きれい、と二人して歓声《かんせい》をあげながら拍手《はくしゅ》する。

花火大会の会場にあふれる歓声や拍手は、ハルタたちのアルバイトしているガソリンスタンドまではとどかない。

地響《じひび》きのような音があたりいっぱいにこだまして、ハルタが作業の手を止めて見あげると、深い藍色《あいいろ》をした夜空に花火がきらめいていた。ただし、建物にはばまれて、半円程度しか見えない。

「おー、ここからも見えるんだ。ラッキー」

清正はうれしそうに顔をほころばせて、もっと見えないかと背伸びをする。

「半分かよ。ま、いっか」

ハルタはもんくをつけつつも、しばらくのあいだ、清正といっしょに、建物の上から顔をのぞかせる花火をながめた。

「なぁ、さっきの話、どうなの?」

再び洗車の作業をはじめたところで、清正はハルタにそう切り出した。

「あ?」

なんのことだ、という感じに、ハルタは車体の反対側から顔をのぞかせる。

「ハルタの好きな人って、カンナちゃんだろ?」

二人だけの気やすさで、清正は率直《そっちょく》にたずねた。店長は中へ入って事務をしているし、客足はとぎれている。でも、ハルタから返事はない。

「なんか、オレ、いけないこときいた?」

清正は窓をふく手を止めて、気づかうようにハルタをうかがった。

「ハルタ?」

清正から心配げに声をかけられても、ハルタは答えない。じっとしゃがんで、ホースの先から流れ出る水を見つめている。


最後に何十発もつづけざまに打ち上げがおこなわれて、夜空がひときわみごとな花火の群れにいろどられた。何秒か遅れて鳴りひびいた破裂音《はれつおん》が消えていったあと、終了を告げるアナウンスが流れはじめる。あふれ返るほどの観客にまじって、カンナと真山は会場をあとにした。

はぐれないように二人で手をつないで、「ほんとにきれいだったねー！」などとしゃべりながら歩いていく。そうするうちに、夏祭りのときと同じように、だんだんと帰宅をいそぐ人たちの波からはずれていった。

通りから少し奥へ入っていって、目隠しのような木立《こだち》にかこまれた暗がりで真山は足を止める。

カンナも真山も、口を開かない。

カンナを見つめる真山が、また、あの怖いような表情に変わる。そして、真山はカンナの肩に手をかけると、そっと顔を近づけていった。

何十秒も、真山は自分のくちびるを、カンナのくちびるに静かに押しあてる。

猫のキスじゃない。かさねたくちびるから想いをつたえようとするような、やわらかくて長いキス。

やがて、ゆっくりとくちびるを離したあと、真山はつつみこむようにカンナの背中に両腕をまわした。

「カンナ……、好きだ」

真山は両腕に力をこめて、強くカンナを抱きしめる。こうなるかもしれないことは、二人だけで花火大会に行くと決めたときから、カンナにもわかっていた気がする。

「初めて会ったときから、ずっと好きだった」

「マヤ……」

キスは何度もしてきたけれど、今まで知っているキスとはちがう。しっかりと胸の中に抱きしめられて、キスといっしょに、初めて「好き」ということばをもらった。

好きだ、好きだ。

くり返されるささやきと吐息を耳もとに感じながら、真山の力のこもる腕に、カンナはだまって体をあずけている。


「じゃな。おやすみー」

「おー、また、あしたー」

ガソリンスタンドの閉店後、ハルタはあとかたづけをすませて清正と別れると、夜の道を自転車でこぎ出していった。

真夏に屋外でのバイトは暑くて疲れるけれど、でも、真山や清正といっしょだからけっこう楽しい。早く自転車ではなくて、バイクに乗りたい。できれば、夏休み中に資金を貯《た》めてしまいたい。

そんなことを考えながらハルタは走っていたけれど、道の途中で、ふとあることを思い出した。

片手でハンドルを持ったまま、もう片方の手をポケットへつっこんで携帯電話をさぐり出す。ごく手短にメールを打って送信ボタンを押した直後、ちょうど脇道《わきみち》から大きな道路へ走り出た。

ハルタがふっと横を向いたときには、もう、大型トラックが排気音をあげて迫ってくるところだった。

なにか考える時間はなかった。アスファルトが激しくきしむ音がひびいて、再び静かになったとき、ハルタの体は路上に横たわっていた。視界いっぱいに、星空がひろがっている。まるで貼《は》りつけられたように体が動かない。ようやく動いた片手をのろのろと顔へ持っていくと、べっとりと赤いものがついてきた。

血だと思ったと同時に、手から力がぬける。ハルタの首もぐらりと横へかたむいて、ぼやけた目に、道路にころがった携帯電話が見えていた。

カンナと真山が病院へ駆けこんだときには、すでに朝美がきていた。

朝美はうす暗い廊下に備えつけられた長椅子《ながいす》にすわっていて、カンナたちのあわただしい足音を耳にしても、うなだれたままで顔をあげようとしない。

「ハルタは?」

息を切らしながらカンナがたずねても、朝美は口を開かない。

それが、答えだった。

「うそ……」

「自転車乗ってて、携帯いじってたらしくて……。トラックの運転手、よけきれなかったって……」

ひとりごとのように朝美はつぶやいて、それから、ふいに顔をあげた。鋭い目をカンナに向ける。カンナの浴衣すがたを見て、朝美はすべてを察したにちがいなかった。

「二人で……、なにしてたの?」

朝美の問いに、カンナは答えられない。朝美の顔を見られなくて、カンナは目をそらしてうつむく。

「なにしてたのかって、きいてんの!」

朝美は長椅子から立ちあがると、力まかせにカンナをつき飛ばした。カンナはよろめいて壁へぶつかって、床へ倒れこんだ。

「やめろ」

真山が見かねて、朝美の腕をつかんだ。

「さわんないでよ!」

真山の手を朝美はふりはらって、倒れているカンナへつめ寄った。

「ハルタの気持ち、ほんとうは知ってたんでしょ? ハルタがひとりぼっちで冷たくなってくとき、あんた、なにしてたの?」

朝美の責めたてることばが刺さってくるけれど、カンナはだまってそれをうけ止めるしかない。

「……あたし、あんたを許さない。絶対に、許さない」

カンナへつきつけるように低くつぶやいてから、朝美は一人で去っていった。朝美の足音が暗い廊下にひびいて、だんだんとちいさくなっていく。

床に倒れたまま動けないでいるカンナの視線の先に、つき飛ばされたひょうしに手から落ちたかごバッグがあった。中身が床にちらばっている。携帯電話が目にとまったのは、着信ありを知らせるランプが点滅していたからだった。

まさか……?

カンナの全身が凍《こご》えた。まさか、ハルタが携帯電話をいじっていたのって……。

ふるえる手をのばして電話をひろって、画面をたしかめた。無題のメールが入っている。

受信時刻は数十分前で、発信者はハルタ。

『いくよ』

ひとことだけの、短いメール。

でも、カンナにだけは意味がわかった。部屋へくるときにはメールしてよ、と怒ったから。だからハルタは、わざわざ道の途中でメールをした。ハルタが携帯電話をいじっていたのは、このメールを打つためだった。

のどの奥から声にならない悲鳴がほとばしって、いっきに涙があふれてくる。カンナは床へつっぷして、携帯電話をにぎりしめながら泣きつづけた。

scene3

東京

～ 現在 ～

かん高いベルの音が、頭の中いっぱいに鳴りひびく。

ベッドでふとんにくるまったまま、カンナは枕もとを手さぐりして目覚まし時計をたたいた。いったんベルは止まったあと、すぐにまたせわしなく鳴りはじめる。カンナは再び時計をたたこうとして、ぱっとまぶたを開けた。

カーテンのすき間から、白い陽射《ひざ》しがこぼれている。枕もとの時計へ目をやって、眠気もふっ飛んだ。起きるつもりにしていた時刻は、とっくにすぎている。

「わっ、やばっ！」

あわててふとんをはねのけて、カンナはころげるようにベッドから出た。顔を洗うのもそこそこに、髪をブラシでとかして、着ていく服を選ぶ。

ハルタが事故に遭《あ》ってから、すでに八年がすぎていた。

高校を卒業したあと、カンナは東京の大学に進学して、そのまま東京で就職した。そのあいだに両親がほかの土地へ引っ越したこともあって、生まれ育った海沿いのあの町には、もう何年も帰っていない。

朝美《あさみ》、真山《まやま》と顔をあわせたのは、高校の卒業式が最後だった。

当然かもしれないけれど、事故のあとから、朝美の態度はよそよそしくなった。真山も、あの夜告げてくれた「好きだ」ということばを、二度と口にすることはなかった。四人がそろって成り立っていた関係は、一人が欠けたら、ばらばらにこわれてしまった。あれほど仲よくすごしていたのに――。

でも、大学時代に新しい友人もできたし、今では、カンナにとって東京がいちばん身近な街になっている。

化粧をして、髪をのばして茶色く染めて、名刺《めいし》を持って、たよりないながらも、この街で社会人をしている。


「おはようございまーす……」

「遅い！」としかられるのを覚悟しつつ、カンナは小声であいさつしながら、おずおずと会社のドアを押し開けた。

ところが、フロアじゅうが妙に騒がしく、

「あ、そっち行った！」

「えっ、うそっ！　ぎゃっ！」

などと社員たちは口々にわめきながら、背中をまるめてデスクのあいだを右往左往《うおうさおう》している。あのようすは、もしや、また例の騒ぎなのでは……と思いながらながめていると、

「瀬戸《せと》」

「はいっ！」

ふいに呼びかけられて、はじかれたように横を向くと、いつのまにか社長の柳原《やなぎはら》がそばにきていた。

映画配給宣伝会社『メロンワークス』。二十数人の社員をたばねる柳原は、まだ三十代と若く、人柄《ひとがら》も気さくで、みずから現場を走りまわっている。

とはいっても、社長は社長。

遅刻を怒られるかも、とカンナは身をすくめたけれど、柳原はとがめることばの代わりに、ある物をさっとカンナの目の前へさし出してみせた。

「瀬戸、おまえにしかできない重要な任務がある」

重々しく告げる柳原が手にしているのは、赤、黄、緑、とはではでしく色どられたスプレー缶だった。

「もーっ、またですか」

「今日のは、デカくて、真っ黒い」

やっぱり、予想は当たっていたか。

カンナはため息をつきながらも、『逃げるすきをあたえない！　秒速ノックダウン！』と少々物騒《ぶっそう》な宣伝文句が印刷されたスプレー缶をうけとって、「あっちだ、あっちだ！」

と社員たちが指さしているほうへ歩いていった。

カンナがやってきたのに気づいて、社員たちはいっせいにすり足で後ずさる。

ぽっかりとあいた場所へ向かって、カンナはスプレー缶を前へつき出しながら、足音をしのばせていってしゃがみこんだ。後ろで社員たちがまだ騒いでいるが、「静かに！」と手を出して押しとどめる。

息づまるような沈黙の中、カンナはじっと床を見つめる。やがて、てらてらとつやのあるこげ茶色をした楕円形《だえんけい》の物体がデスクの下からあらわれて、六本の足で音もなく横切っていくのをみつけるやいなや、

「そこっ！」

約十センチの至近《しきん》距離までスプレー缶を近づけて、すばやく噴射レバーを引いた。

いきおいよく噴《ふ》き出した薬剤をまともにくらったゴキブリは、トゲの生《は》えた足を激しくひきつらせて、そして、ぴたりと動かなくなった。

「お、おおーっ！」

どよめきがおこり、みんなは盛大な拍手《はくしゅ》をカンナに送る。

「さすが、ゴキブリは瀬戸におまかせだな！」

よくやったとばかりに柳原はカンナの肩をたたいてくるが、カンナはひそかに、再びた

め息をおとしていた。

討《う》ちとるだけでは、この任務は終わらない。あとしまつまで、カンナがしなければならないのだから。

「そういうとき、たよりになんないよね、男って」

バーのカウンター席でとなりにすわっている千家百加《せんけももか》は、ゴキブリ退治《たいじ》の話を聞くと、ショートカットの髪をゆらして笑った。半分はカンナをはげましてくれているようではあるけれど、残り半分は、カンナの武勇伝をおもしろがっているようでもある。

百加は大学時代からの親しい友人で、卒業した今でも、こうやってときどきいっしょに食事をする仲だった。

「ね、マスター、ひどいでしょ？　あたし、ゴキブリ係ですよ？」

グラスにそそがれた白ワインをカンナはあおり、できたてのナポリタンを口いっぱいにほおばってから、カウンターの向こうにいるマスターにうったえた。カンナたちの倍以上の年齢らしきマスターはいつもおだやかな人で、マスターとのおしゃべりがこの店の魅力のひとつでもある。

「はい、でもねえ……」

きっちりと蝶《ちょう》ネクタイをしめたマスターは、困ったように微笑《ほほえ》みながら答えた。

「私も、アレ、ほんとうに怖いですから。そんな話をしながらおいしそうに食べてるあなたは、たくましいと思いますよ」

「え、だって、これはゴキブリじゃないでしょ?」

ナポリタンをフォークでつつきながら、カンナは首をかしげる。マスターも百加もあきれて笑っているけれど、カンナは気づかずに、大きく口を開けてまたナポリタンをほおばった。

男性社員が何人もいるというのに、女性にゴキブリ退治をおしつけるとは、まったく失礼きわまりない。

でも、こうやってもんくを言ってはいるものの、本来なら遅刻して怒られるところだったのを、いわばゴキブリに助けてもらったようなもの。カンナとしては、ゴキブリにお礼を言うべきなのかもしれない。

それに、どんな形であっても、会社から必要とされるのはありがたいことだった。

できれば、もっとべつの場面で、「瀬戸におまかせだな!」と認めてほしいところだけれど、入社一年めの身でそれは高望みというものだろう。

毎日いそがしいけれど、仕事は楽しい。一日の終わりには、こうやって親しい友人とお酒を飲める。ワインはおいしいし、マスターのつくってくれるナポリタンは、パスタのゆで具合といい味つけといい絶品だ。

充分にめぐまれた、いい毎日を送っている。そう、いい毎日だ。

そんなことをカンナが思っていたとき、けたたましい物音が後ろからひびいた。

カンナと百加が同時にふり向くと、壁ぎわに置かれているソファーのすぐそばの床で男性客がだらりと横になっていて、灰皿やらグラスやらがあたりにころがっている。うーん、とか、あうー、とか、その客は低くうめきながら、二回、三回と床でのたうちまわる。つれはいないようで、どうやら、ソファーで寝ていて落っこちたらしかった。

「マスター、なんか、落ちてる人が……」

床でころがる客にカンナが目をみはっていると、マスターは笑って首を横にふった。

「あー、気にしないで。彼は酔っぱらうと、いつもこう」

それが聞こえたのか、突然、その客はすくっと立ちあがって、カンナたちのほうを指さしながら声をはりあげた。

「そう、そこのお嬢さん！　マスターのナポリタンは、うまいよねっ！　ね、ねっ！」

本人はしっかり立っているつもりらしいが、ぐらぐらと体がゆれている。

細身で背が高く、顔立ちも整っているけれど、目の焦点《しょうてん》があっていない。寝ころがっていたせいで、茶色く染めた髪はみだれて、服もしわだらけになっていた。

「気をつけなよ、あんた、あーいう人にすぐからまれるから」

百加は少し顔をしかめながら、カンナの耳もとへささやく。

案の定、その客は左右によろけながらカウンター席へ近寄ってきたが、彼が声をかけたのは百加のほうだった。

「こんばんは〜っ。ごめんね、酔っぱらってますけどぉ、お名前は？」

「えっ、私？」

「そう、私。ぼくはね〜」

カンナと百加のあいだへ無遠慮に体をわりこませて、その客は百加に頰《ほお》をすりあわせんばかりにして話しかけたが、

「赤沢《あかざわ》くん、店内、ナンパ禁止」

いつものおだやかな口調をたもちつつも、きっぱりとマスターがさえぎった。

「へー、初めて聞いた」

赤沢と呼ばれた客が、不満げに口をとがらせても、

「今、決まったの」

と、マスターはとりあわない。

「ふーん」

赤沢という客はまだ納得できないようすだったけれど、ふいに顔をゆがめたかと思うと、「うえっ」とうめいて口もとを手のひらでおおった。カンナと百加は、ぎょっとして体をひく。

「あっ、だめだめ！」

マスターがあわてて、カウンターの向こうから出てきた。

「ごめんねぇ。ほら、赤沢くん、こっち、こっち」

カンナたちにあやまってから、マスターは赤沢をトイレのほうへひっぱっていく。

残されたカンナと百加はあっけにとられて、エビのように背中をまるめて出ていく赤沢を見送る。

かっこつけて声かけてきたくせに、なんなの、あの酔っぱらい男。そんな感じに二人で顔を見あわせると、カンナと百加は肩をすくめて笑いあった。

scene4

いさかい

～ 現在 ～

酔っぱらったあげくに床にころがるような、しょうがないやつ。

気軽に声をかけてくる、チャラチャラしたお調子者。

赤沢《あかざわ》という客のことはそんな程度に思っていて、店以外の場所でまた顔をあわせるかもしれないなんて、予想もしていなかった。

だから、翌日、仕事で行った出版社で、編集部のデスクにすわっているあの客をみつけたときには、

「あっ!」

と、思わず、大きな声をあげてしまった。

この編集部が刊行している雑誌には、メロンワークスであつかう映画の紹介や宣伝などをよく載《の》せてもらっているので、以前にも何回かきたことがある。でも、赤沢というあの客を見かけたことはなかった。

昨日の今日で、ばつが悪そうな顔をするか。それとも、昨夜のつづきで、軽く調子よく接してくるかと、カンナは身がまえたけれど、

「え?」

ふり返った赤沢は、ふしぎそうに眉《まゆ》を寄せてカンナを見あげた。

「え……?」

思いがけない反応にカンナがとまどっていると、赤沢は不審《ふしん》げな表情に変わってたずねてきた。

「なんすか?」

どうやら、赤沢のほうは、昨夜会ったことをおぼえていないらしかった。ソファーからころげ落ちるほど酔っていたのだから、記憶がないのもあたりまえかもしれない。今日もふきげんそうな顔つきをしていて、どうやら二日酔いらしい。

少々ひょうしぬけはしたものの、それならそれでかまわない。仕事モードにもどらなければと、カンナは姿勢を正した。

「いえっ、あの、メロンワークスの瀬戸《せと》ともうします。山田《やまだ》さんは?」

いつも対応してもらっている編集部員の名前をあげたが、赤沢はすぐには答えずに、手に持っている栄養ドリンクのビンをいっきにあおって、「ぷは〜っ!」と深く息を吐き出してから言った。

「退職しましたねぇ〜」

「は?」

「なんか持病が悪化したみたいでぇ〜。あ、ぼくが担当しますんで。今月からここに異動になりました赤沢です。よろしく」

赤沢はそう言いながら立ちあがって、カンナに名刺《めいし》をさし出した。

編集部の一角に置かれているテーブルセットに向かいあってすわると、カンナもあらためて名刺をわたして自己紹介をした。それから、近く公開予定になっている映画のパンフレットと、試写会の案内状をテーブルの上へならべる。

「ぜひ、観《み》にきてください」

試写会に足をはこんでもらって、好意的に誌面で紹介してもらうこと。できるだけ大きくとりあげてもらうようにすること。それがカンナの役目である。

赤沢はパンフレットをめくりながら、ぽつりとつぶやいた。

「……つまんなそ～っ」

「えっ、そんなことないですよ！　おもしろいです！」

「へえ、具体的にどのへんが？」

「は？　いえ、あの、まだちゃんと観れてないですけど……。でも、前作も評判よかったですし」

カンナがいきおいこむと、赤沢はパンフレットに目をあてたまま、なかばひとりごとのように小声で言った。

「ちゃんと観てない人が宣伝って、かわいそうな作品っすね」

赤沢のそのことばに、カンナはぴしゃりと横っ面《つら》をひっぱたかれたような気がした。

内容もよく知らないで、のこのこ宣伝にきたわけ？　そんなふうにあざ笑われて、責められているようだった。でも、なにも言い返せない。

「……すみません。出なおします」

カンナはいたたまれなくなって、うなだれて席を立った。会釈《えしゃく》して立ち去るカンナを、赤沢はひき止めなかったけれど、

「えーと、瀬戸さん？」

ひきずるような足どりでカンナが数メートルも行ったところで、テーブルの上の名刺をいじりながら、ふいに呼びかけると、

「マスターのナポリタンはうまいよね」

と、なにげない口調で言った。

カンナは足を止めて、赤沢をふり返った。やっぱり、昨夜のことを忘れてはいなかったのだ。それならば最初からそう言えばいいものを、記憶がないふりをしておいて、最後になってやっと言うところに意地の悪さを感じる。

あなたは酔っぱらって床にころがってましたよね、と言ってやりたいのをこらえながら、

カンナは赤沢のほうへ向きなおった。

「ええ、絶品です。やっぱりおぼえてたんですね」

少しばかり非難をこめたつもりだったけれど、赤沢は気がとがめるようすも見せずに笑った。

「あはは、昨日は失礼しました。学生のとき、あのバーでバイトしてたんで。こんど、飲みなおしませんか？　もしよかったら、お友達と三人で」

「好みは私じゃなくて、友人のほうですよね？」

「え？　あー、ごめん。きっと、君のほうがモテるよね？」

赤沢はくちびるの端を、ふっとゆがめる。

「そーゆうことを言っているんじゃありません！」

とっさに言い返したカンナの声は、あたりにひびきわたる大声になってしまった。フロアじゅうの編集部員たちが、仕事の手を止めてカンナのほうへ注目する。

「失礼します」

カンナはおじぎをすると、赤沢に背を向けた。なんて感じ悪い人なんだろうといらだちながら、ふり返らずに出口へ向かう。つい足どりが荒くなって、ヒールが耳障《みみざわ》りな音をたてる。

でも、赤沢のほうも、足早に帰っていくカンナの後ろすがたを見ながら、同じことを思っていた。

「なんか、けっこうやな感じ？」


その夜、カンナは帰宅してもいらだちがおさまらなくて、百加《ももか》に電話をかけて、あの酔っぱらい男にまた会ったことを報告した。

「なんか、すっごい感じ悪くって」

『ははは、めずらしいね』

カンナが怒っているというのに、百加は携帯電話の向こうで笑い声をたてる。

「なにが？」

『カンナがそんなに怒るなんて、初めてじゃん。いつもなら、完全スルーでしょ？』

百加に指摘《してき》されて、カンナは返事につまった。

言われて初めて気がついたけれど、たしかに、これまでは腹のたつことを言われたときでも、声を荒らげて言い返したりなんてしないで聞き流していた。それなのに今回は、わざわざ百加に電話までして怒っている。

だからって、べつに深い意味があるわけじゃない。たまたま、そうなっただけ。そう思ったけれど、否定する声にあまり力は入らない。

「……そんなことないよ」

『そんなことあるよー。大学のときから、群がる男、みーんななぎ倒しちゃうんだから』

「そっ……、それとこれとは、べつの話」

百加の言うとおり、大学時代、告白されたことは何回もあったけれど、すべてことわってきた。だれかとつきあうとか、そんな気にはなれなかった。

『ま、でも、ずぼしだったわけだ』

「う……、そりゃ、ちゃんと観ないで宣伝ってのはよくなかったけど……」

その点は、カンナも反省している。

二日酔いのふきげんそうな顔で言われたものだから、あの場では恥《はじ》をかかされたような気分になってしまったけれど、赤沢の言ったことはじつにまっとうだった。

メロンワークスへ入社して以来、会社であつかう映画を売りこむのが自分の仕事なんだからと思って、すごくいい映画です、おもしろいですよ、といつも同じほめことばを使ってきた。

どこを、どんなふうに、いいと思っているのか。自分の頭で考えていなかったこと。そこを鋭く見ぬかれてしまった気がする。

『おもしろそー。ちょっと興味わいた。もう一回会ってみたいかも。その、なんだっけ？名前』

「えっと、名前は……」

百加にうながされて、カンナはもらった名刺を見なおした。

赤沢禄。

漢字の下には、「ＡＫＡＺＡＷＡ　ＲＯＫＵ」とローマ字でも印刷されている。

少しだけ変わった名前。この名前は、ろく、と読むのか。

「あかざわろく、だって」

百加に答えながら、あかざわろく、あかざわろく、とカンナは心の中でつぶやいた。

scene5

日記帳

〜 禄・八年前 〜

「これ、ロクって読みます。よく犬にある名前」

転入した先の高校の教室で、禄《ろく》はそう言いながら、黒板に書かれた『赤沢禄《あかざわ》』の文字を指さした。

禄が二回めの転校をしたのは、高校三年生のときだった。禄の自己紹介を聞いて、教室に笑いがおこる。転校生はどんなやつなのか、少し緊張ぎみだった空気がゆるむ。

禄も笑いながら、これからクラスメイトになる顔ぶれを教壇の上から見わたしていると、突然、一人の男子生徒が立ちあがった。

「あーっ、禄ちゃん⁉」

親しげに呼びかけて、禄をまっすぐに指さしてくる。禄はその男子生徒をじっと見て、はっとひらめくと、同じように指をさし返した。

「あ、あーっ！　もしかして、関谷《せきや》？」

「おうっ」

今にもおたがいに駆け寄っていきそうな二人のようすに、生徒たちがざわめく。

「なんだ、知ってるのか？」

禄と関谷を交互に見やりながら、担任の教師がたずねてくる。

「はい。昔、こっちに住んでたんで」

緑はそう答えたけれど、小学校のときの同級生と、また同じクラスになれるとは思ってもいなかった。しかも、自分のことをおぼえていてくれて、すぐに気づいてくれた。そのことが、緑はやはりうれしかった。


「おまえ、でかくなりすぎじゃねーか」

放課後、二人でいっしょに帰り道をたどりながら、関谷はとなりを歩く緑をつくづくと見あげた。

たしかに、小学校のころの緑は、どちらかといえば小柄《こがら》だった。中学校のあいだにぐんぐん背が伸びて、今では関谷より頭ひとつ分ほども高い。

「おまえこそ、横に広がりすぎじゃね？」

緑が笑いながら、関谷へ言い返した。

「うっせーなぁ、はやってんだよ。つーか、おまえ、引っ越したの、いつだっけ？　急だったよなぁ？」

「んー、小二のとき。ほら、俺、事故のあと、半年くらい入院してたろ？　そのあいだに、オヤジの転勤が決まって」

「あー……、あ！　そっか。ごめん……」

しまった、という顔をして、関谷はうつむいた。まずい話題をふってしまった、と気にしているのがわかる。

平気だよ、とつたえるように、禄は笑ってみせた。

「そういうの、やめ。もう気にしてねーし。おまえもバス？」

「おれ？　おれはチャリ通……って、やべっ！　チャリ忘れた！　ちょっと待ってて！」

関谷は早口で言い置いて、あわてて今きた道をひき返していく。

身体《からだ》は大きくなっても、中身は小学校のころとあまり変わっていない。禄はほっとした気分で微笑《ほほえ》みながら、関谷の後ろすがたを見送った。

昔住んでいた町へもどることに、じつは不安がなかったわけじゃない。あの事故のことがあるから――。けれど、さい先よく関谷と再会できたし、これならだいじょうぶのような気がする。

「禄ちゃん⁉」

いきなり呼びかけられて、びくっとして禄がふり向くと、カーキ色のコートを着た髪の長い女性が駆け寄ってきていた。

「えーと……」

だれだっけ？　と、禄は女性をまじまじと見た。

校門のところにその女性が立っていたことは、さっきから視界には入っていた。でも、生徒をむかえにきた家族だろうと思って気にもとめていなかった。

年齢は少し上くらい、二十代前半の感じがする。どう考えても、知らない人だった。それなのに、どこかで見たことがあるような気がする。

「聞いたの、もどってきたって。ご近所で。すごい！　大きくなったねぇ！」

女性は飛びはねんばかりにして、やたらはしゃいでまくしたてる。

なんなんだ、この人……？　とまどいながら見ていた禄は、さらにぎくりとした。ふいに、女性が涙をこぼしはじめたからだ。感きわまったように、女性は手のひらで顔をおおっておえつをもらしている。

「え、ちょっと、あの……」

通りかかった生徒たちが、いぶかしげに禄のほうを見ていく。その視線を気にしながら禄が声をかけると、女性は手の甲《こう》で涙をぬぐって言った。

「あ、ごめんね。希実《のぞみ》の姉です。柿之内愛実《かきのうちまなみ》です」

「あ……」

禄は息をのんで、身動きできなくなった。

柿之内希実。

忘れることのなかった名前。

でも、禄が体をこわばらせたのにはかまわず、柿之内愛実というその女性は一冊の本のようなものをさし出した。

「これ、希実の日記。禄ちゃんに読んでほしいの」

「え？」

「そうだ、こんど、うちに遊びにこない？　両親にも、元気になったすがたを見せてあげたいし。希実も、きっとそう望んでると思う」

禄がなにも言っていないのに、女性はあれこれ勝手に決めつけると、

「待ってるね」

と、大きく手をふって、はずむような足どりで駆け去っていった。

「なんだ、あの女……」

押しつけるようにわたされた本のようなものをあらためて見ると、表紙の下のほうに、つたない文字で『柿之内のぞみ』と書かれていた。禄の目に、その名前が何倍にもふくらんで見える。

これは、ほんとうに、柿之内希実の使っていた日記帳なのだ。

そして、あの女性は、希実の姉なのだ。

そう実感すると、一冊の日記帳が、手の中でずしりと重くなる。重すぎて、禄の手にあまるほどに——。

scene6

試写会

～ 現在 ～

試写会がおこなわれる会場には、開場直後から、つぎつぎに客がやってきていた。

柳原《やなぎはら》たちは来場してくれた関係者へあいさつにまわっているが、カンナはほかの女性社員といっしょに受け付けに立って、パンフレットやアンケート用紙を手わたしながら、

「いらっしゃいませ。こちら、どうぞ」

と、ひたすらくり返していた。

笑顔をつくって来場者におじぎしながら、赤沢禄《あかざわろく》はくるだろうか、とカンナは考えた。

あれから、赤沢禄には会っていないし、連絡もしていない。禄からも、今夜の試写会へくるともこないとも、返事はもらっていない。

もっとも百加《ももか》のほうは、さっそく赤沢禄と連絡をとったようで、このあいだ報告のメールがとどいた。

『マブダチになった。』

と書いてあって、百加と禄がならんで酒ビンをかかえてピースしている画像が付いていた。カンナは思わず、「なんじゃこりゃ」と笑ってしまったけれど、こういう気どりのないところが百加らしい。

今夜の試写会の映画も、あれから家へＤＶＤを持って帰って、もう一回しっかりと観《み》なおしておいた。

残念ながら、禄の言ったことは当たっていて、

「うーん、たしかに、つまんないかも……」

なんてひとりごとをつぶやいてしまったけれど、きちんと観ておいてよかった。ストーリーにはものたりないところもあるけれど、映像はきれいだし、出演者の演技もいい。いいところも、たりないところも把握《はあく》しておけば、売りこむときにも説得力が出る。

「瀬戸《せと》さん、ちょっとこっち手伝って」

先輩社員が後ろへやってきて、早口で命じていった。会場の雰囲気《ふんいき》は華《はな》やいでなごやかだが、裏方《うらかた》はあわただしく、当日になっても仕事はつきない。

「あ、はいっ」

いっしょに受け付けをしている女性社員に、ちょっとお願いしますと言い置くと、カンナは先輩社員のあとを追っていった。

来場者であふれるロビーを急ぎ足で横切ろうとしたとき、見おぼえのある人影が目にとまった。窓のそばで、赤沢禄がパンフレットをながめている。すらりとした長身は、人ごみの中でもめだっていた。

出欠の返事はなかったけれど、きてくれた。つまんなそうとか言いながらも、きてくれ

たのだ。

カンナは声をかけようとしたけれど、数歩行ったところで足が止まった。少しふんわりさせたボブカットの女性が、禄のそばへ寄っていった。親しげに禄の肩などをさわりながら話しかけて、禄のほうもそれをふりはらったりせず、うれしそうな表情をして応じている。

禄に向かってあげかけたカンナの手が宙で止まり、力がぬけてさがっていく。つれがいたって気にせず話しかければいいのに、声が出ない。

「瀬戸さん、早くして」

立ち止まっているカンナを、先輩社員がいらだったようにせかしてくる。

「はいっ!　すみませんっ」

カンナは禄たちのほうへ背を向けて、先輩社員のもとへ駆けていった。

試写会は会場がほぼ満員になるほど客があつまって、盛況《せいきょう》のうちに、とどこおりなく終わった。

「はんぱな時間だなぁ。なんか食ってからもどるか」

会場を出てメロンワークスへもどる道の途中、柳原はカンナと二人で歩きながら、腕時計に目をやった。

柳原のことばは聞こえてはいたけれど、カンナはだまってうつむきがちに歩いている。

ロビーで見かけた禄とつれの女性のすがたが、目の前にちらつく。まだ二人が、すぐそこにいるみたいに。

たんなる友人どうし、という感じではなかった。あの女性は、どういう関係の人なんだろう。

年齢は少し上のように見えたけれど、色白で、服装もおしゃれで、きらきらした空気をまとっているような魅力的な女性だった。知りあいに会いそうな場所へ堂々と同伴《どうはん》してくるくらいだから、たぶん、恋人とか、それに近い存在なんだろうか。

バーで会ったときのだらしない酔っぱらいすがたや、会社でのふきげんそうな二日酔いの顔とはうってかわって、とてもにこやかに話していた。相手次第《しだい》では、あんな笑顔にもなれるのだ。そりゃあ、恋人がいたって、べつにおどろくことでもないけれど……。

「瀬戸？」

柳原の不審《ふしん》がるような声で、はっとしてカンナは顔をあげた。

「あ、いえ、ラーメンでも行きますか？」

「色気ねえなぁ。結婚できねーぞ」

「どーせ、相手がいません」

「んー、じゃあ、オレ？」

柳原が自分を指さして、カンナの顔をのぞきこんでくる。

「あれ、今、聞こえませんでした。あれ、おっかしーな、耳が？」

カンナは首をかしげて、わざとらしく耳をいじった。こういう話題はまともに答えず、軽く流してしまうにかぎる。

ところが、柳原の表情が変わった。

「おまえねぇ〜、上司の告白、ばかにしてんだろ」

柳原は目もとに真剣な色をにじませて、耳をいじっているカンナの手首をつかんだ。

その瞬間、カンナは全身がこわばった。

悲鳴をあげそうになったのを、あやうくこらえる。たいして強くつかまれているわけではないのに、おびえるような目を柳原に向けてしまう。

「……なんて顔すんだ」

悲しげにも聞こえるような声で柳原はつぶやいて、そっとカンナの手を放した。

絶え間なく人々の行き交《か》う歩道のまん中で、カンナも柳原も無言でたたずむ。

カンナは柳原から顔をそむけて、その場を離れた。つかまれた手首をもう片方の手でかばうように押さえながら、一人だけで先に歩いていく。

柳原の好意は、以前から感じないではなかった。柳原はいい人だと思うし、上司としても、人間としても尊敬できる。

でも、だれかとつきあうなんて、そんな気にはなれない。

ハルタがいなくなってから、ずっと——。

scene7

思い出はあげない

～ 現在 ～

会社のパソコンあてに短いメールが入ったのは、試写会から何日かたったころだった。見慣れないアドレスだと思ったら、赤沢禄《あかざわろく》からだった。

『瀬戸《せと》カンナ様。紹介していただいた百加《もも か》さんと飲みました。すっかり意気投合してしまいました。』

そんなこと、とっくに百加から報告をもらっている。

時期遅れのニュースをもったいぶって知らされたような気分がしたけれど、それはおさえて、カンナはあたりさわりのない返信を送った。

『赤沢様。すてきな写メール、拝見《はいけん》しました。今後も、良い関係をきずいていってください。』

禄もパソコンの前にすわっているのか、一分とたたないうちに、つぎのメールが送られてきた。

『つぎは、瀬戸さんもごいっしょにいかがですか?』

『そうですね。そのうちに、もしかすると、そんな気持ちになるかもしれません。ところで、先日は試写会へお越しいただき、ありがとうございました。かわいらしい女性とごいっしょだったので、お声がけは遠慮いたしました。』

カンナが再びメールを送ると、まもなく、禄からも返信がきた。

『もしかして、ぼくらのこと、気になります？』

「はあ？」

禄からのメールを目にして、思わず声が出てしまった。どうして、こういう返事になるわけ？　たんに事実をつたえただけで、気になっているわけじゃない。

カンナはすぐに、返信のメールを打ちはじめた。キーボードをたたく指先に、つい力がこもる。

『いいえ、まったく。すみません。』

そっけない返事を打ったいきおいのままに、間髪《かんはつ》を容《い》れずに送信ボタンをクリックした。

少し息を荒らげながら、パソコンの画面を見つめる。が、さっきまで即座に返信をよこしていたのに、こんどはなかなか返事がこない。メールチェックをしてみると、『新着メールはありませんでした』と表示された。

カンナは席を立った。なにもパソコンの前にじっとすわって、わざわざ待っている必要などない。やりとりは、もう終わったのかもしれないのだし。

コピーをとったり書類をまとめたりしているうちに、メールの着信音が鳴った。

席へもどってパソコンを見ると、赤沢禄からメールが入っている。クリックして開いてみて、カンナはあぜんとした。

『やな女だなぁ。』

やな、って……、どっちが！

つくづく、赤沢禄という人は、いちいち気にさわるもの言いをしてくる。

ところが、そのメールには、たっぷりとスペースをとったあとに、まだつづきが書かれていた。

『ところで、黒山《くろやま》監督の昔の作品、やってるみたいです。行きませんか？』

「は？　行きません！」

パソコンに向かって、カンナは声をあげた。

絶対に行くもんかと思ったのに、結局、きっぱりことわれなくて、赤沢禄と映画を観《み》に行く約束を決めた。

いや、これも仕事のうち。いろいろな映画を観るのは参考になるから。そう思いながら待ち合わせの駅まできてからも、まだ迷いはつづいている。

「やっぱ、帰ろっかな」

カンナは腕時計をのぞいて、時刻をたしかめた。

約束の時間はすぎているのに、禄はまだこない。やな女なんて言われて、おまけに待た

されるなんて、いったいなにやってるんだろうという気分になってきたとき、

「瀬戸さんっ！」

ようやく、禄が息を切らしながら小走りにやってきたが、

「北口の、あっち側って言ったじゃないですかっ！」

カンナの顔を見るなり責めるようにそう言って、今走ってきた方向を指さした。

「え、でも、五ツ木《いき》ホールなら、こっちのほうが……」

カンナが反対方向を指さすと、とんでもないとばかりに禄は顔をしかめながら、首を横へふった。

「ちがいます。あっちです」

「こっちだと思いますけど」

カンナも負けじと、語気を強めて主張する。

おたがいに反対の方向を指さして、カンナと禄はどちらもゆずらない。

やっぱりくるんじゃなかった、なぎ倒して帰っちゃおうかな、とカンナがため息をつくと、禄のほうも同じようにため息をついている。やれやれ、頑固《がんこ》な女だな、とでも思っているらしいことが眉《まゆ》を寄せた表情からうかがえる。

道のまん中で、二人してにらみあうようになっていたけれど、

「いいですよ。賭《か》けましょう」

少し考えるようにしたあと、禄がそう提案してきた。

「えっ？」

「まちがったほうが、オゴリね。はい、じゃあ、あなたの行きたいほうへ、どうぞ」

禄は勝手に決めて歩きだして、カンナの横を足早に通りすぎていく。

「ちょ、ちょっと……」

こっちはまだ、賭けにのるとも答えてないのに。カンナは心の中でもんくをつけながらも、あわてて禄のあとを追っていった。

「はあ〜っ、やっぱり遠まわりしちゃいましたねぇ。ま、ぎりぎり間にあったから、ぜんぜんオッケーですけど」

ようやくついた五ツ木ホールで、となりどうしの席に腰をおろしたところで、禄が深々と息をついた。

「すみま……せん……」

カンナは恥《は》ずかしくて、消え入りそうな声であやまるしかできない。

しばらくのあいだ、カンナも禄も口を開かず、まだなにも映されていない白いスクリーンを見つめる。

「そういえば、この前、気にされてた女性ですけど」

白いスクリーンに目をあてたまま、ちょっと思い出したからついでにといった口調で禄が話しはじめた。

「はい？」

「試写会のときの。前に担当してた漫画家さんで」

「だから、気にしてませんけど」

「もうベテランの売れっ子なんだけど、おれのこと、ずっと気に入ってくれてて」

「だ、か、ら！　まったく気にしてません」

話をうち切ろうとするようにカンナが声の調子を強くしたとき、上映開始を告げるブザーが鳴った。

「あ、そーだ。今日はきてくれて、ありがとう」

照明がおちていくのとあわせたように、ふいに禄が、軽い口調を変えずに言った。

礼を言われるなんて意外で、おどろいてカンナは横を見たけれど、禄はまっすぐに前を向いている。

映画館の座席はぴったりとくっつきあっていて、となりとの距離がごく近い。暗がりの中で、カンナは少しのあいだ、くちびるを閉ざした禄の横顔を見つめる。

やがて、ホールいっぱいにひびきわたる音楽とともに、上映がはじまった。

さっきまで空白だったスクリーンの中には、現実と似ているけれど現実ではない、もうひとつの世界が生き生きとひろがっている。


再び照明が明るくなったとき、観にきてよかった、とカンナは思った。

もっといろいろな映画を観ておくべきだと思いながらも、ふだんは日々の仕事に追われてしまっている。禄にさそってもらわなかったら、この作品も観にくることはなかっただろう。DVDも便利でいいけれど、やはり映画は、大きなスクリーンで観るほうが本来の良さを味わえる。

映画館を出たあと、カンナと禄は、近くで目についたビストロへ入った。

テーブル席に向かいあってすわって、料理とワインの注文をすませたところで、

「あのね、今日は、あやまりたくてさそいました」

と、禄が切り出した。映画館での軽い感じとはちがって、少し口調があらたまっている。

「え?」

「あなたのこと、思いこみが激しい女で、私をくどかないなんてどうかしてるワ、的な人

かと誤解してました」

「はぁ……」

やっぱり、そんなふうに思われていたのか。

カンナ自身には、私はモテる女なのよ、なんてうぬぼれているつもりはないのに、まわりにはそう見えてしまっているんだろうか。

「百《もも》ちゃんと飲んだとき、怒られて……。そういう人じゃないと。まあ、俺は女の人を見あやまることがあるので、なんていうか、そんな感じの乾杯《かんぱい》でいいっすかね？」

「そんな感じ？」

意味がつかめなくてカンナが問い返すと、禄は気まずそうな表情をうかべて、

「だから、その……」

と、口ごもってから、

「ごめんなさいっ！」

カンナに向かって、深く頭をさげた。

つまり、このあたりでケンカ腰になるのはやめましょう、仲よくしましょう、と。そういうことらしい。

こんなふうにすなおにあやまられてしまうと、逆にカンナのほうが気がとがめてくる。

つっかかるもの言いをしたのは自分も同じで、自分にもいけないところがあったのだと、よくわかってはいるのだから。

「……こちらこそ」

カンナがつぶやくように言って頰《ほお》をゆるめると、ようやく禄が顔をあげた。カンナが笑みをうかべているのを見て、禄も顔をほころばせる。

そういえば、バーで出会って以来、カンナが禄に微笑《ほほえ》みかけたのも、禄から笑顔を向けられたのも、これが初めてかもしれない。

二人はワインのそそがれたグラスを手にとって、目の高さまでかかげる。そして、あらためて微笑みを交わしあってから、グラスの縁を軽くふれあわせた。

食事を終えて駅へもどるあいだも、カンナと禄はずっと笑顔だった。

ほどよくワインがまわっていて、足もとが少しふわふわしている。ほんのりと熱くなった頰に、夜風がここちよい。

ゆっくりと駅への道を歩きながら、ごく個人的なことも語りあう。カンナと同じく、禄も東京の生まれではなく、大学進学を機会に上京してきたらしい。

「東山《ひがしやま》？　まじで？　けっこう近いじゃん、地元」

カンナの出身地を聞いて、禄が声をあげた。

「どこですか?」

「俺、盛恵《もりえ》」

「ほんとに⁉」

なじみのある地名が禄の口から出てきて、カンナの声も高くなる。

同じ地方出身の人に出会えるのは、やはりうれしい。たくさんの人があふれる都会で、仲間をみつけたような気分になる。

そうはいっても、かつてのクラスメイトたちとは連絡をとっていない。朝美《あさみ》や、真山《まやま》とも。二人とも、東京の大学へ入ったのは知っている。たぶん、今でも、高層ビルがひしめくこの街のどこかで、二人とも暮らしているだろう。

「なーんか、最初会ったときと、顔、ちがうなぁ」

禄はふしぎなものでもみつけたように、つくづくとカンナの顔をながめる。

最初と顔がちがうのは、おたがいさま。禄のほうも、今は、くったくのない陽気ないい人の顔に見えている。それは、赤沢禄という人の内面がだんだんとわかってきたからなのだろうけれど、そう口にするのは少してれくさくて、

「おいしいもの食べて、怒る人いないと思いますけど」

料理とワインのおかげにして、カンナは答えた。

踊るような足どりになっているカンナをながめて、禄は微笑む。それから、夜空をあおぎながら、なかばひとりごとのように話しはじめた。

「急に思い出した。高校んときのこと」

「高校？」

「あのね、泣きそうな顔してた人がね。おにぎり食べたら、ころっと笑顔になったことがあって」

「おにぎり？　彼女との思い出ですか？」

「いや、ちょっと特別な関係の人。たぶん、いい思い出なんだけど、ちょい苦い？　そんな思い出」

「わかったような、わかんないような……」

彼女ではないのに特別な関係という表現が、意味ありげでひっかかる。でも、知りたいような、知りたくないような気持ちが半々で、くわしく問い返すのはためらわれる。

禄は遠い日をたどるようなまなざしを夜空へあてていたけれど、地上へ視線をもどすと、信号待ちで足を止めて、

「で、瀬戸さんの思い出は？」

と、こんどは、カンナへ質問を向けてきた。

緑のそのことばに引き出されたように、カンナの胸に、かぞえきれないほどの光景があふれてくる。赤い丸ポストのある町角。夕陽《ゆうひ》にきらめいていた海。ハルタと走った坂道。朝美とふざけながら通りぬけた商店街。四人で行ったお祭りのにぎわい。真山と見あげた花火。病院の廊下。

さっきまで足もとがふわふわしていたのが、急に、アスファルトの固さを感じるようになる。

記憶に刻《きざ》まれたできごとはたくさんあるけれど、思い出なんて単純なことばにして、それを語ることはできない。古いアルバムを開いてなつかしむように、昔話として披露《ひろう》するようなまねはできない。

しばらく口を閉ざしてから、カンナは冗談めかして答えた。

「思い出は、あげませんよ。私のものです」

「……ふーん」

納得したのかどうかはわからないけれど、それ以上、緑は問わなかった。

「そういえば、さっきの映画なんだけどさ」

おにぎりの話のつづきもしなかったし、カンナに思い出話をうながすこともしない。

信号が青になったのをきっかけに、禄は話題を変えて、カンナとならんで再び駅へ向かって歩きはじめた。

scene 8

罪

～ 現在 ～

いっしょにランチしようというさそいが百加《もも か》からきたのは、それから数日後のことだった。

待ち合わせをして、二人でカフェへ入ったけれど、百加はどこかおちつかないようすで、口数も少ない。いろどりよくプレートに盛りつけされたランチがはこばれてきてからも、なかなか手をつけようとしない。

どうしたんだろう、なにか困ってることでもあるのかな、とカンナが思っていると、

「ごめんっ！」

突然、百加は両手をあわせて、カンナに向かって頭をさげた。

「え？　なに？」

「前にね、禄《ろく》と飲んでたとき、なんか、だいじょうぶな気がして……。ハルタのこと、話しちゃった」

「えっ……」

「……ごめん」

百加はまたくり返して、両手をあわせたままでいる。

カンナはサンドイッチをひとつ手にとると、そんなことだったの、といった表情をつくって笑ってみせた。

「いいよぉー、もう八年も前のことだよ？　べつに、隠すことじゃないし」

「ほんとに？」

「うん」

「ほんとに、ほんとに？」

百加はまだ心配そうに、カンナのようすをうかがっている。

でも、カンナが大きく口を開けてサンドイッチをほおばるのを見て、ようやく、さっきのことばが本心だとわかったらしい。

「よかったぁ〜っ！」

百加は心底《しんそこ》安心したように、大きく息をついた。

「ほんとに、ごめんね」

またくり返す百加に、カンナはサンドイッチを食べながら、いいよ、いいよ、と答えるようにうなずいてみせる。

強がっているわけでも、百加に気をつかっているわけでもなかった。

だれかれかまわずハルタのことを話したわけじゃないのはわかっているし、ひた隠しにすることでもない。

ただ、まったく気にならないと言ってしまえば、それは嘘《うそ》になる。

百加が話したことがではなく、禄がどううけとめたか、ということが。

映画を観《み》に行った夜、「瀬戸《せと》さんの思い出は？」とたずねてきたときには、もうハルタのことを知っていたのだ。

気にすることはない、とカンナは自分に言い聞かせた。

どうってことはない。なにを知られようと、私は私で変わらないし。あの人だって、私の過去がどうであれ、べつに……。

たとえ、私のせいで、幼《おさな》なじみが事故で命をおとしたと知ったからといって——。

それからしばらくたって、再び、禄と待ち合わせをした夜。

いつものバーのカウンター席にとなりあってすわって、このあいだの映画の話などをしたあと、カンナはワインのグラスをいじりながら切り出した。

「百加が白状しました」

なにを、とは言わない。それでも、禄には、すぐに察《さっ》しがついたようだった。

「え？　あー、うん……」

禄はことばをにごしていたけれど、姿勢を正すと、おちついた口調でカンナに言った。

「結果的にリサーチしたみたいな形になったんで、それは悪かったです。でもね、きみの昔の話を聞かなかったとしても、俺はきみをさそったので、結局、同じだったと思う」

「なんか、だまされたみたいで、釈然《しゃくぜん》としません」

「そっか……。ごめん」

こんなにすなおにあやまることができる人だなんて、やっぱり、最初のときとはぜんぜん印象がちがう。

怒っているわけではなかったけれど、これですませるのも少々しゃくな気がして、カンナはある提案をした。

「なので、今日は、なにか、あなたの秘密をおしえてください」

禄があせって困った顔でもすれば、それで充分だった。秘密といっても、たぶん、飲みすぎたときの失敗談とか、学生時代の失恋話とか、出てくるのはそんな程度のことだろうと思っていた。

でも、禄は少しだけ考えこむようにしたあと、バーボンをグラスへつぎたして、なにげない調子で話しはじめた。

「小学校のころ……、いつもつきまとってくる女子がいてね。遠足のとき、あんまりうざくて、つきとばした」

目的地の田澤湖《たざわこ》までつづく山の中につくられた道路を、禄やクラスメイトたちはならんで歩いていた。引率《いんそつ》の先生は「白線から出ないようにしなさーい！」としきりと声をはりあげていたという。

「ロクちゃん、ロクちゃん！　これつくったの、食べて！」

田澤湖まで、あと二キロほどになったころ。

クラスメイトの女の子が列をはずれて、前のほうにいる禄のところへやってきた。女の子が持っていたのは手づくりらしいクッキーで、透明のビニール袋に入れてあって、口もとをピンク色のリボンで結んである。

禄が無視しても、その子はあきらめなかった。なんとしてもふり向かせようとして、禄が肩からかけている水筒のひもをひっぱる。

「ねぇ、ねぇ、ロクちゃんってば」

「さわるなっ」

しつこくされてうっとうしかったのと、クラスメイトにはやしたてられて恥《は》ずかしいのとで、ふりはらう手がつい荒っぽくなってしまった。

いきなり強く押されて、女の子はバランスをくずして倒れこんだ。クッキーを入れた袋が手から離れて、道路の中ほどまで飛んでいく。どこか打ったのか、女の子はすぐには立ちあがれない。

「なにやってんだよ」

めんどくせぇなと思いながらも放ってはおけなくて、禄も列をはずれて、倒れている女の子のほうへ寄っていった。

「あぶないっ！」

先生の悲鳴のような声が聞こえたのは、禄が道路にかがんでクッキーの袋をひろいあげて、女の子へ手わたしたときだった。

禄が顔をあげると、車が迫ってくるのが目に入った。速度をゆるめることなく、禄たちのいるところへ向かってつっこんでくる。逃げなければと思うひまもなく、あっというまに禄と女の子の体は宙にういていた——。

「その子は即死。俺は生還《せいかん》。小指に後遺症《こういしょう》が残ったけどね」

話し終えた禄は、右手をにぎったり開いたりしてみせる。親指から薬指までの四本はなめらかに上下するのに、小指だけ動いていない。

「そんなすごい秘密……。話してなんて、言ってません……」

カンナの声がかすれる。体が小刻《こきざ》みにふるえて、鼓動《こどう》が速くなっている。たった今、目の前で、禄と女の子の事故現場を見てしまったように。

「あー、ごめん！　ごめん、今の嘘」

うつむくカンナをのぞきこむようにして、急に、禄が声を明るくした。

「えっ？」

カンナが目をみはると、禄は気まずそうに、

「というのは、嘘」

と、また言いなおした。

どっちなのかとカンナはいぶかしんだけれど、おどけてみせる禄の目は笑っていない。翳《かげ》りの色がにじむその目で、わかった。今の話はほんとうなんだ、と。

同じような過去を、この人もかかえている。

この人も、自分のせいで、だれかを死なせた。

酔っぱらいで、陽気で、言いたいことをずけずけと言って、そんな過去があるようには見えなかったのに。楽しく、おもしろく、まっすぐに生きてきて、なんの翳りも持たない人だと思っていた。

それきり禄は口をつぐんで、カンナもだまって、グラスの底に残っていたワインを飲みほした。

「……思い出す？　その子のこと」

沈黙のあと、かすれる声でカンナはたずねた。

「そりゃー」

禄はうなずいて、携帯電話をとり出すと、待ち受けの画面をカンナにしめした。

そこには、幼い女の子の画像があった。まだ幼稚園くらいの女の子で、ふっくらとしたやわらかそうな頰《ほお》をゆるめて笑っている。

「その子の姉ちゃんの子ども。睦実《むつみ》っていうんだって。ちょっと似てる」

「亡くなった子に？」

いとおしむようなまなざしで待ち受け画面を見ている禄に、カンナはたずねた。

「そう。だから、お守りみたいなもんかな」

「同じこと……、話した？」

「え？」

「もし、百加からなにも聞いてなかったら――」

「どうだろうね。なんで？」

「ひとつちがえば、ちがうことばを返すでしょ。少しずつズレができて、ちがう未来になる」

「うん、そうだね」

禄は携帯電話をしまいながら、静かにうなずく。

カンナは禄から視線をはずして、からになったグラスを見つめながら考えた。

同じような過去を持っているけれど……。できない。私には、ハルタの写真をお守りになんて……。

「罪悪感でいっぱい、って顔だね」

カンナを横目で見やった禄の声には、どこかつき放したような響《ひび》きがあった。

「え?」

「でも、しょうがないよね。自分のことは、ごまかせない。そいつのこと、好きになってやれなかったから、後悔してるんだろ?」

禄のことばがつき刺さって、カンナは一瞬息が止まった。それでも、かまわずに禄はつづける。

「せめてちょっとでもそうなっていれば、あなたのいう〝ちがう未来〟に行きついて、たとえ結果が同じでも、あなたの気持ちは今ほど重くないよね」

カンナはなにも言い返せなかった。

禄の前に置かれているボトルをつかむと、ふるえそうになる手で自分のグラスへバーボンをそそぐ。ストレートのままで飲みほして、再びからになったグラスをカウンターへおろした。

「赤沢《あかざわ》さんて、ちょっとやな人かなって思ってたけど、ほんっと〜っに！　いやな人なんですね！」

カンナは深く息をついてから、思いきり力をこめて言った。緑は表情を動かさず、だまって聞いている。

でも、いやな人だと怒りながらも、カンナにはわかっていた。

いらだつのは、緑に言われたことが当たっていたからだ。カンナの心の奥底にあるものを、緑は鋭く言い当てていた。カンナ自身も気づいてはいたけれど、明確なことばにして見つめたことはなかったもの。それを、目の前へつきつけられた。

「……トイレ」

カンナは緑のほうを見ないで、ゆっくりと立ちあがった。

バーボンをストレートで飲んだせいか、のどのあたりがやたらと熱い。座面の高いイスからおりたひょうしにふらついたけれど、イスの背につかまってこらえて、カンナは緑のそばから離れた。

少し足もとをふらつかせながらカンナが奥へ向かうのを、緑はだまってカウンターから見送っていた。

「こんばんはーっ！」

重いドアがきしむ音とともに、明るくあいさつしながら客が入ってきたときも、禄はカンナのほうに気をとられていたが、

「あ、禄さん！」

ふいに声をかけられて、ようやく、今入ってきた客が知りあいだと気がついた。

「お、キヨ、ひさしぶりじゃん」

禄も笑みをうかべて、スーツすがたの客にこたえる。

なにかがぶつかったような音が奥から聞こえたのは、その客がカウンター席へすわろうとしたときだった。

反射的に禄はそちらへ目をやって、それから、カウンターの中にいるマスターと顔を見あわせると、いそいで席を立った。

トイレの前まで行ってみたが、中からはなにも聞こえない。

「瀬戸さん？」

ドアごしに声をかけるが、返事がない。

思いきってドアを押し開けたとき、禄の目に飛びこんできたのは、洗面台の前に横たわっているカンナのすがただった。

「ちょっ……、だいじょうぶ?」

緑は呼びかけたが、カンナから反応はない。まぶたは閉じられて、眉《まゆ》はゆがみ、苦しげな息をもらしている。

開けたままのドアから、さっきの客がマスターとつれだって心配げに中をのぞいてきたが、倒れているカンナを見るなり声をあげた。

「あーっ、カンナちゃん! カンナちゃんです!」

「はあっ? つーか、救急車!」

つっ立って見ているマスターと客に、緑は強い口調で命じる。

「はい、はいっ」

マスターがはっと気づいたように、いそいで電話をかけにもどっていった。

「瀬戸さん! 瀬戸っ! おいっ!」

目を開けないカンナに、緑は何回も呼びかけつづける。

カンナは浅い呼吸にあえぎながら、かすかに緑の声を聞いていた。

見えるのは、底知れない闇《やみ》だけ。

その向こうから、緑の呼びかけが、もやがかかったようにかすんでひびいてくる。

「そいつのこと、好きになってやれなかったから、後悔してるんだろ?」——さっきつきつけられたことばが、わずかな意識の中でまわっている。

scene 9

流れる血

〜 カンナ・八年前&現在 〜

だれかが消えてしまっても、この世は消えない。昨日と同じような日々が、また今日からもつづいていく。

カンナがそれを知ったのは、ハルタの葬儀《そうぎ》がすんだあとだった。

八年前の、あの夏休み。

ハルタが亡くなってからも、カンナの日々はつづいた。

どこにも、ハルタがいない。団地の階段にも、赤い丸ポストのある町角にも、坂道にも、浜辺にも。

それでも、ハルタがいなくても太陽はのぼって、カンナは着替えて登校して、授業をうけて、家へ帰って食事をする。夜がきて、また朝がくる。

それはしっくりこない奇妙な感覚だったけれど、でも、どうしたらいいのかわからなくて、カンナは今までと同じように学校へかよった。

ハルタがいなくても、季節は流れる。

波頭《はとう》をきらめかせていた強い陽射《ひざ》しはゆるんでいって、暑い夏はすぎて、だんだんと秋の気配がただよってくる。

あれは、ハルタが亡くなって、しばらくしたころ。

クラスのみんなで手分けをして、文化祭に使う掲示物をつくっているときだった。

ハルタの事故以来、朝美《あさみ》と話すことはほとんどなくなってしまい、そのときも、朝美はカンナとはべつのところで作業をしていた。朝美は同じグループの子たちとおしゃべりしていて、カンナのほうへは顔も向けない。

カンナは少し作業をしてから、一人で離れて窓ぎわへ行った。

にぎやかなおしゃべりの輪《わ》には、なんとなく居づらい。カンナが窓ぎわから作業をながめていると、近くにいる女子生徒たちのささやきが聞こえてきた。

「瀬戸《せと》さん、意外と平気な顔してるよね」

「お葬式のとき、泣いてなかったんでしょ?」

「なんか、冷たーい」

ほんとだよね、ひどいよね、などとうなずきあいながら、カンナのほうを見ている。

同じような声は、葬儀の最中から何回となく耳にしていた。

でも、もんくをつけようとかは思わず、どこかほかの人についてのうわさ話のようにカンナは聞いていた。あたし、冷たいのかなあ。毎日学校へこられるっていうのは、やっぱり冷たいのかなあ、とぼんやり考えながら。

「瀬戸さーん、ひまなら、こっち手伝ってよ」

少し離れたところで作業しているグループの生徒が、カンナに呼びかけてきた。

そちらへ向かってふらりと歩き出したカンナには、近づいてくる女子生徒が目に入っていなかった。「あっ!」という声が聞こえたときにはもうぶつかっていて、女子生徒が手に持っていた洗面器の中身をまともに浴びた。

水に溶かした絵の具が、カンナの白いブラウスに大きな赤いしみをつくっている。

「やだっ! ごめん、だいじょうぶ?」

女子生徒はあわてていたけれど、カンナのほうは、なにも言わずに自分の胸に視線をおとした。ブラウスにさわってみると、手のひらがべっとりと赤く染まる。赤いものは、手首のほうへもつたっていく。

「ねえ、これ、だれの血?」

カンナのくちびるから、低いつぶやきがもれた。赤く染まった手を目の前まで持ってきて、カンナはじっと見つめる。

「え? なに言って……」

ぶつかった女子生徒がとまどっていると、またカンナがつぶやいた。

「……ハルタ? ハルタの血? あたしが殺した……」

あたしが殺した。

ハルタを殺した。

「いやあぁっ……！」

カンナの悲鳴が、教室の中にひびいた。

赤く染まった手をふるわせながら、カンナは金切《かなき》り声をあげる。ほかの生徒たちがおびえたように見ている中、カンナは気をうしなって倒れるまで、全身からふりしぼるようにさけびつづけた。


頭の中にひびいていたさけび声がふっととぎれて、カンナはまぶたを開いた。

ここ……、どこ？

今って、いつ？　高一の夏？

カンナは目だけ動かして、左右を見やった。天井も、壁も、ぜんぶが白い。少し鼻をつく消毒薬らしい匂《にお》いがしている。波がうち寄せるような響《ひび》きが聞こえるだけで、ほかに物音はしない。

どうして天井が見えるんだろうと思って、ようやくカンナは、自分がベッドに寝かされていることに気づいた。

「起きた？」

ふいに禄が横からあらわれて、カンナの顔をのぞきこむようにしてきた。なぜ自分が寝ていて、禄《ろく》がつきそっているのか、カンナにはわからない。

のろのろとカンナはベッドの上で体を起こしたけれど、全身がだるかった。ベッドをとりかこむように、無地のカーテンが備えつけられている。どうやら、ここは病院らしい。

どうして、病院なんかにいるんだろう？

白い壁をながめながら記憶をたどっていると、もう一人、病室の中へ入ってきた。

「あ、起きたんだ」

笑いかけてくるその人がだれなのか、とっさにカンナにはわからなかった。おぼえているすがたとは、雰囲気《ふんいき》が変わっていたから。でも、とっつきやすそうなその顔を見て、すぐにひとつの名前がうかんできた。

「え？　清正《きよまさ》くん？」

信じられないような思いで、カンナは問いかけた。

「そう、そう、オレ！　ひさしぶり、カンナちゃん！」

清正はうれしそうに顔をくずして、カンナに笑いかける。

高校のころ会ったときには、ちょっと気弱そうな少年という感じだったのに、今は体格もひとまわりしっかりとして、すっかりおとなびた雰囲気になっている。

「キヨさ、大学の後輩なんだ。すげえ偶然だろ?」

カンナと清正を交互に見やりながら、禄も説明した。

「だいじょうぶか? どっか痛いとこは? 急に倒れるから、びっくりした。マスターもさ、すげー心配しちゃって――」

「えーと……、あの!」

とうとつに、カンナが大きな声を出して、禄と清正はことばを止めた。

「どした?」

たずねる禄に、カンナはつぶやくように告げた。

「耳が……、聞こえません」

最初のうちは、禄がしゃべっていないのかと思っていた。でも、禄と清正がしきりと口を動かしているのを見て、そうじゃないんだと気がついた。物音がしないのも、自分の耳が聞こえていないから。そして、波のような響きは、自分の頭の中でくり返される耳鳴りだった。

聞こえない。

耳鳴り以外、なにも聞こえない。

音のない別世界へ、一人だけ足を踏み入れてしまったみたいに。

いそいで看護師にカンナの異変を知らせると、まもなく医師が病室へやってきた。医師は手早く診察をして、すぐに検査が手配された。

カンナが看護師につきそわれて病室から出ていったあと、禄は清正といっしょに屋上へあがった。

カンナの亡くなった幼《おさな》なじみが、まさか、大学の後輩のいとこだったとは——。

この世にはかぞえきれないほどの人々がいるのに、なぜ、こんなことがおこるのか。人と人とは、こんなふうに、思わぬところでつながっていくものなのか。たんなる偶然なのか、それとも、なにか意味があっておきることなのか……。

「最後にカンナちゃんと会ったのは、高校三年のときでした。ハルタの写真を見せてくれって、突然、連絡がきたんです。カンナちゃん、事故のあと、ハルタの写真をぜんぶ捨ててしまったみたいで……。長い時間かけてアルバム見てたけど、結局、一枚も持って帰らなかった……」

「ふーん……」

禄はフェンスにもたれて風に吹かれながら、あいまいにうなずく。

清正はさぐるように禄を見ながら、いちばん知りたいことを率直《そっちょく》にたずねた。

「まさか、カンナちゃんのこと、気になってるんですか？」

「あっ、もしかして、おまえも好きだったとか？」

質問に質問で返してくる禄を、清正はたしなめるように軽くにらんで、もう一度、問いをくり返した。

「禄さん、正直に。気になってますか？」

「気になってる」

こんどは、はぐらかさずに禄は答えた。清正は、さらに問いかけた。

「カンナちゃんをおとす自信、ありますか？」

「ない！」

これも、きっぱりと禄は答えた。

「……即答っすか」

「ないものはない」

くり返す禄を、清正はじっと見つめる。あきれているのともちがう、いたわるような、どこか苦しげなような、そんなまなざしだった。

「なんだよ」

「いや、ハルタもね、あの夜……」

清正はためらいながら、ハルタとかわしたある会話のことをうちあけた。八年前、花火大会の夜にした会話のことを。

聞き終わったとき、禄はまるでどこかが痛むような表情になって清正にたずねた。

「……残酷《ざんこく》だな。その話、瀬戸さんにした？」

「いえ……」

「言うなよ、絶対！」

「……はい」

禄の強い口調に気圧《けお》されて、清正はうなずくしかなかった。禄はまたフェンスにもたれかかって、北風の吹きぬける街を無言で見つめている。

scene 10

遺影

〜 禄・八年前 〜

柿之内希実《かきのうちのぞみ》の姉と名のる人がきたあと、禄《ろく》はずっと、わたされた日記帳のことばかり考えていた。家にいるときも、学校へ行っているあいだも、いつも頭から離れない。

あのときは突然だったから、ことわることもできずうけとってしまった。でも、とてもこの日記帳を開く気にはなれない。

なにを思って今ごろ持ってきたのか知らないけれど、こんなもの、こっちへあずけられても困る。手もとへ置いておくだけも、正直つらい。これは返そう。

そう決めたけれど、郵便で送りつけるのも気がひけて、ある日の放課後、禄は希実の家までたずねていった。

柿之内家は、広い敷地に建つ切妻造《きりづまづく》りの住宅だった。

ただ、壁には汚れがめだち、雨どいがこわれたりしていて、あまり手入れされていない印象がある。

家まできたものの、いざとなると、玄関まで行ってチャイムを押す勇気が出ない。

どうしようかと思っていると、庭先に、ペンキのはげた郵便受けが備えつけてあるのをみつけた。ここへ入れておけば、すぐにみつけてもらえる。

禄が通学カバンから日記帳をとり出して、郵便受けの口へつっこもうとしたとき、

「禄ちゃん?」

呼びかけられてふり向くと、希実の姉というあの女性、愛実《まなみ》が自転車で走ってくるところだった。

とっさに禄は、日記帳を持っている手をおろした。

「あ、俺、その……」

日記帳を返しにきたんです、と言わなければ。禄はそう思ったけれど、それを切り出すよりも先に、

「ありがとう！　入って、入って！」

禄が会いにきたのだと決めつけて、愛実は声をはずませる。

「え？　あの……」

「おかあさんっ！　禄ちゃんがきてくれた！　おとうさーん！」

禄がとまどっているのなど目に入らないようすで、愛実は大きな声で何回も母屋《おもや》へ呼びかけた。

仏壇の前にはちいさな机が置いてあり、その上に、希実の遺影《いえい》は飾られていた。

黒い額の中で、いかにも楽しげに希実が笑っている。小学校二年生のときのままの、幼《おさな》い笑顔。

そして、その後ろには、刺繡《ししゅう》の入った朱色《しゅいろ》の布につつまれた箱のようなものがある。遺骨《いこつ》が入っているのだと、禄にもわかった。希実のちいさな骨はまだ墓におさまらず、あの箱の中に眠っている。それを思うと、禄にはとても、黒い額の中の希実とまともに目をあわせることができない。

そのあと、居間へ通された禄は、こたつで希実の両親と向かいあった。

「きてくれて、ありがとねぇ。ほんと、大きくなって……。よかった、よかった」

制服すがたの禄をつくづくとながめて、希実の母親はそうくり返した。でも、禄はなんとも答えられない。

こたつのそばには長椅子《ながいす》が置いてあり、そこでは一匹の犬が寝そべっていた。明るい茶色の毛並みをした大きな犬だった。

「ね、禄ちゃん、この子もね、ロクっていうの。希実がかわいがってたんだ。もうおじいちゃんでね、病気なの。一日じゅう寝てる」

愛実が抱きかかえるように犬の首に腕をまわして、つやのない毛をいとおしげになでながら説明する。

「はぁ……」

あいまいに禄がうなずいていると、こんどは父親がたずねてきた。

「あんたは、どうなの？　もう、なんともないの？」

「あ、ここが……」

緑は右手を顔の高さまであげて、にぎったり開いたりする動作をしてみせた。両親と愛実、三人の視線が、緑の動かない小指に集中する。

「……そっか、小指だけか。よかったね」

沈黙のあと、父親はつぶやいた。

視線が刺さってくるようで、緑は小指を隠すようにしながら手をおろした。

言外に父親から責められているようで、いたたまれない。実際、小指の後遺症《こういしょう》など日常生活にほとんど支障はない。気づく人もめったにいないくらいだ。

「あ、そうだ、今日はごはん食べていってね」

話題を変えようとするように母親が言ったが、でも、緑はもう、これ以上ここにいるのは耐えられなかった。

「いえ、失礼します。これ……」

母親から目をそらすようにして腰をうかせると、緑は通学カバンから日記帳を出して、愛実にわたした。

「読んでくれた？」

「いや……」

たずねる愛実に首を横にふって、禄は立ちあがった。父親も母親も、ひき止めようとはしなかった。

「体、だいじにな」

玄関へ向かう禄の背中へ、父親はこたつにすわったままで、そう低く声をかけた。


「禄ちゃん！　待って！」

足早に庭を通りぬけていこうとする禄を、愛実が追いかけてきた。

「ご両親、俺になんか会いたくなかったんじゃないかな」

足を止めずに禄は言ったが、

「なに言ってんの。希実が大好きだった禄ちゃんだもん。大きくなったの見れて、みんなうれしいよぉ」

あいかわらずのくったくのない調子で、愛実はそう答える。

聞こえのいいことばかり言って、やたらにこにこ笑っている愛実に、だんだんと禄はいらだってきた。

うれしい、だって？　そんなわけあるか。

たしかに、父親も母親も「よかった」と言ってくれたけれど、本心からそう思っているわけがない。自分の娘はあの黒い額に入った写真のままなのに、事故の原因になった子のほうは高校生になっている。小指一本動かないだけで、しごく健康そうで不自由もしていない。それを見て、よかったと思えるわけないだろう。

今ごろいきなり、希実の姉ですってあらわれて、両親に会わせたりして、いったいどういうつもりなんだ。

事故の記憶を消すことはできないけれど、あまり思い出さないようにしていた。

あの日のことは、心の隅《すみ》にそっと置いて、目を向けず、手をふれず、日々をすごすようになっていたのに――。

「今さら……、俺になにしろって言うんですか。俺、一生、希実さんのこと、考えてなきゃいけないいんですか」

つい、口調がとげとげしくなってしまった。

愛実の顔から、すうっと笑みが消えていく。愛実は怒りはしなかった。眉《まゆ》を寄せて、悲しそうな顔になる。

ひどいこと言ってるな、と禄は思ったけれど、あやまることもできずに口を閉ざす。

愛実は少し目をふせてから、持っていた日記帳を禄へさし出した。

「やっぱり、これ、読んでくれないかな。読んだら、いっしょに田澤湖《たざわこ》へ行ってほしいの」

「え……?」

意味がわからずとまどっている禄に、お願いだから、と愛実はくり返して、禄の手に日記帳を押しつけた。

帰りのバスの中、いちばん後ろの座席にすわった禄は、閉じられた日記帳をひざの上に置いてじっと見ていた。

結局、またうけとってしまった。返すために、わざわざ家まで行ったのに。

表紙をしばらく見つめたあと、禄はゆっくりと日記帳を開いた。読みたくなったというよりも、愛実に根負《こんま》けしたような気持ちだった。

淡く横に罫線《けいせん》の入ったページの上に、鉛筆で書かれた文字があった。

たどたどしい文字だったけれど、ひと文字ずつ、いっしょうけんめいにつづられたことがつたわってくる。

『四月八日。あたらしいクラス! 気になる子、発見! 名前はロクちゃん、うちの犬とおなじ名前!』

さっきのあの犬のことか、と禄は思い出した。

今では病気で寝てばかりだそうだけれど、希実がこの日記を書いたころには、あの犬もまだ元気に走りまわっていたんだろう。

『四月九日。今日はロクちゃんと、はじめておはなしをした。ロクちゃんに、うちの犬とおなじ名前なんだよっていったら、なぜかロクちゃんにおこられた。』

『七月三日。写生会。ロクちゃんに青いえのぐをかしたけど、つかってくれなかった。どうしてかな？　ロクちゃんは、空を黒くぬった。』

『七月七日。七夕《たなばた》。ロクちゃんはかみを切った。』

『八月三日。今日もロクちゃんにはあえませんでした。夏休みなんて、なくていい！』

『八月五日。プールのとき、ロクちゃんが、水しぶきをいっぱいあげてた。やりすぎて先生におこられてたのが、かわいい。』

春から夏へ、たあいのない記述がつづく。書かれているのは、ほとんどが禄についてのことだった。

『十月二日。あしたは遠足で楽しみ。田澤湖へ行く。ロクちゃんも、いまごろワクワクしてるかな。』

それを最後に、日記はとぎれていた。

つぎのページをめくっても、なにも書かれていない。めくっても、めくっても、白紙ばかり。このつづきが書かれることは、もう永遠にない。あの事故さえなければ、どのページも、きっと文字でうめられていったはずだったのに。

「……くだらねー。なんにもおぼえてねぇよ。なんなんだよ」

紙の白さが目に刺さってくる。たまらず禄はひとりごとをつぶやいたけれど、白紙のページから目を離すことができなかった。

scene 11

聞こえない心

～ 現在 ～

カンナはいろいろな検査をうけたあと、そのまま入院することになった。

はっきりとした原因は、現在の医学でも不明だという。ただ、強いストレスが引き金になることが多いと言われているらしい。

音がないというだけで、身のまわりの世界は、まるでべつのものになったようだった。

昼も夜も、音のない世界でひとりきり、カンナはいろいろなことを考えてすごした。

禄《ろく》に言われたこと。

朝美《あさみ》のこと、真山《まやま》のこと。

そして、あの花火大会の夜のことを考えながら、ほとんどしゃべることもなく、窓の外をながめてすごしていた。


「瀬戸《せと》さん、起きてる?」

禄が病室をおとずれたのも、カンナがベッドで横になったまま、空を流れる雲へ目をやっていたときだった。

カンナが起きあがろうとすると、禄はそれを手でおしとどめた。

「あ、いーいー、そのままで。安静だって聞いたから」

禄は持ってきた紙バッグから数冊のコミックスをつかみ出して、カンナのほうへ表紙を向けてみせる。

「よかったら、これ、読んで。前に話してた、先生の漫画。けっこうおもしろいよ、マジで」

説明しながらカンナに微笑《ほほえ》みかけて、コミックスをベッドテーブルの上へ置くと、禄はパイプイスをベッドのわきへ持ってきてすわった。

「ごめんなさい。まだ、よく聞こえないの」

カンナがベッドの上で上半身だけ起こして、あいまいに微笑みを返すと、禄の顔から笑みが消えた。

説明が聞こえなくても、試写会のときに見かけた女性の作品だとカンナにも見当がついた。『野原《のはら》チカコ』と表紙に作者名が入っている。

カンナはコミックスを手にとって、ぱらぱらとめくってみた。

「へーえ、かわいい」

あの女性の持つきらきらした空気そのままのような、ぱっと目をひくかわいらしい絵が描かれている。ちょっとめくるだけのつもりが、物語にひきこまれてしまい、カンナはつぎつぎにページをめくっていく。

「ストレスが原因って、俺のせい？」

コミックスを読みはじめたカンナに、禄は問いかけた。

でも、カンナは話しかけられたことに気づかず、コミックスに見入って、ふふっと笑みをもらしている。

「それね、七巻で赤毛の子、死ぬから」

そう言っても、カンナはやっぱり笑っている。

「アメンボあかいな、あいうえお」

意味のないことを言ってみても、カンナは楽しそうにコミックスをめくっている。

なにを言っても聞こえず、ただ笑っているだけのカンナを、禄はしばらくだまって見つめてから、静かに言った。

「だいじょうぶ、きみは悪くない。ゆっくり休め」

カンナは心を休めているのだと、禄にはそう見えていた。

こうやって、外の音を遮断《しゃだん》して自分の中にこもる時間を持つことで、心にうけた痛みがこれ以上ひろがらないように守っている。体にけがをしたとき、傷口を保護をして、かさぶたがはるのを待つように。

禄がいろいろしゃべっていることに気づかず、カンナはコミックスを読みつづけた。

野原の作品は、魔法を使える女の子が主人公になった、夢と冒険がいっぱいにつまっている物語だった。

魔法かあ、いいなあ、とカンナは思った。

もしも、魔法が使えたら、きっとどんなこともできる。

時間を巻きもどして、未来を変えることだってできるはず。

でも、わかっている。現実の世界には、魔法なんてない。時間を巻きもどすなんて、けっしてできないのだから――。


同じころ、緑の故郷にほど近い町では、一組の母と娘が、昼下がりの道を手をつないで歩いていた。

母親は、柿之内《かきのうち》希実《のぞみ》の姉、愛実《まなみ》。いっしょにいる娘が、緑が携帯電話の待ち受けにしている女の子、今年四歳になった睦実《むつみ》だった。

幼稚園が終わる時刻をみはからって愛実が迎えに行き、二人で歩いて帰るのが日課になっている。

「むっちゃん、今日、ごはん、なに食べたい？」

手をつないで歩きながら、愛実がたずねた。長くのばした髪を左右で三つ編みにした睦実は、考えるように首をかしげる。

「ハンバーグ？　オムライス？」

愛実が言うと、睦実は首を横へふる。

「カレーライス？」

こんどは睦実は、うんっ、と大きくうなずいた。

よしっ、わかったよ、というように愛実は微笑みながら、その一方で、睦実にはわからない程度のかすかなため息をもらしていた。

睦実は、まだ言葉をしゃべってくれない。

成長の速度は子どもによってちがうといっても、どう考えても遅すぎる。幼稚園へ入って、たくさんの子とふれあうようになればしゃべるのではないかと期待をかけたけれど、やはりだめだった。

「むっちゃーん、桜場《さくらば》睦実ちゃーん」

ふとしたひょうしにしゃべってくれないものかと、愛実は呼びかけてみた。はいっ、と答えるように睦実が笑う。

「むっちゃん！　あたし、だーれだ？」

愛実は足を止めてしゃがみこむと、睦実の両手をとって、目と目をあわせた。なんとかしゃべってくれないかという、その一心で。

睦実は笑って、目の動きで「まま！」と答えてから、愛実に力いっぱい抱きついてきた。

でも、やっぱり声は出ない。

「よしっ、今日はカレーライス！」

愛実は立ちあがると、つなぎなおした手を元気よくふって歩きだした。

睦実が「うれしい！」と答えていることは、そのちいさな手からつたわってくる。笑ったり、びっくりしたり、感情豊かな子だ。耳は聞こえているし、健康にもまったく問題ない。それなのに、どうしてしゃべらないのだろう。

結婚して、この娘《こ》が生まれたとき、愛実はほんとうにうれしかった。うしなった家族もいるけれど、こうやって、新しい家族がくわわってくれる。亡き妹の面影《おもかげ》を持った娘。こんなにかわいい子なのに、それなのに……。

娘の声が聞きたい。

ママと呼んでくれる声が聞きたい。

いつかしゃべってくれると信じながらも、ふっと愛実は不安になってしまう。この子は、一生、しゃべってくれないのじゃないか、と——。

scene 12

雨にうたれて

〜 現在 〜

二週間ほどで退院すると、すぐにカンナは仕事に復帰した。

メロンワークスは小規模の会社だから、一人欠けると、ほかの社員にしわ寄せがいく。それに、カンナ自身も、早く仕事にもどりたかった。

朝、出社すると、同僚たちがつぎつぎに、「瀬戸《せと》さん、もういいの？」「だいじょうぶ？」と声をかけてくれた。これでも少しはあてにされているのかと思うと、だんだんとやる気がわいてくる。

電話応対をこなしながら、資料を作成して、会議中の先輩社員たちのところへ持っていくと、

「病《や》みあがりなんだし、無理すんなー」

と、柳原《やなぎはら》も声をかけてくれた。

「じゃあ、ちょっとはやっといてくださいよ」

「だよねー。部下を気づかう上司のフリしてみただけ」

「だと思いました」

冗談めかしてカンナが返すと、柳原はちょっと肩をすくめてみせた。

告白されてからも、柳原の態度は変わらない。よそよそしくされたり、妙に気づかわれたりしなくて助かっている。そういうところは、ほんとうに柳原はいい人だなと思うのだ

けれど……。

カンナはパソコンに向かうと、メールの画面を出した。

『赤沢《あかざわ》様。無事、退院しました。』

禄《ろく》にあてて、メールを打ちはじめる。

『ご迷惑をおかけしたお詫《わ》びに、こんど、おいしいものでも』

そこまで打ったところで、カンナは手を止めた。画面の文字を見つめながら、少し考えて、途中まで削除《さくじょ》すると、

『ご迷惑をおかけして、申し訳ありませんでした。』

ちがうことばに打ちなおして、送信ボタンをクリックした。

数分間、入院しているあいだに送られてきたメールを読んだりして待ってから、メールチェックする。

『新着メールはありませんでした』

表示を見て、ふっと軽くカンナは息をついた。返事がなくたって、べつにかまわない。とくに返信が必要な内容でもないのだから。

さあ、仕事、仕事。休んだ分も、がんばらなくちゃ。

カンナは自分に気合いを入れると、たまっている書類をひとつずつかたづけはじめた。

禄は街中《まちなか》を歩きながら、先ほどからずっと電話をしていた。

受話口からは、女性の泣き声が聞こえてくる。かれこれ三十分以上も話しているけれど、まるで話が進まない。

『だめ～っ、だめなんです。もうぜんぜんだめですぅ……。赤沢くんとだから、やってこれたんですぅ～っ……』

「俺はもう担当ではないし、口出しすることはできません。今の担当の立場もありますから」

通話の相手は、漫画家の野原《のはら》だった。

締め切りが近いのにアイディアがわかない、ネームができない、新しい担当者はたよりにならない。あたしの作品を理解していない、と野原は泣いてわめいて訴える。

『じゃあ、手伝わなくていいです。友人ではどうですか？　話を聞いて、ネームを見てくれる友人！』

「それはないですって」

ため息まじりに答えたとき、かん高いにぎやかな声がして、つられるようにそちらを向いた禄は目をみはった。

教師に引率《いんそつ》されて、小学生が列をつくって歩いてくる。おそろいの黄色い帽子をかぶった子どもたちは、はじけるように笑ったり、おしゃべりしたりしてはしゃいでいる。

その中に、見知った女の子がいた。

黒い額に入った写真と同じ顔をした女の子、記憶にある希実《のぞみ》にそっくりな子が、列の中にいる。

希実がいる。

希実が、すぐそこを歩いている。

『じゃあ、飲みながら愚痴《ぐち》を聞いてくれる後輩！　年下だし！　赤沢くん？　もしもし、赤沢くん？　赤沢くん！』

野原が何回も呼んでいるが、禄はぼう然として希実に見入る。

「あ、はいっ」

ほんの一瞬電話のほうを見て、再び目をもどしたとき、そこに希実はいなかった。

希実に見えた女の子はまったくの別人で、同じくらいの年齢という以外には、とくに似ているわけではない。

ただのまぼろし。そうかもしれないけれど、このごろ、ときどきこんなことがある。

いるはずのない希実が、すぐそこにいるように見えてしまうことが――。

その日は、たまっていた仕事をはりきってかたづけたせいで、カンナは会社を出るのが遅くなってしまった。

なにか食べてから帰りたくて、いつものバーへ寄っていくことにする。木製のドアを押し開けると、すぐにマスターがカンナを見て、「おや!」という表情になった。

「こんばんは。このあいだは、すみませんでした」

「だいじょうぶ、だいじょうぶ」

マスターはいつもと変わらず、おだやかに微笑《ほほえ》んでくれる。

カウンター席へ目をうつすと、すぐに、禄がきていることに気がついた。禄のほうもカンナに気づいて、イスから腰をうかせる。

少し顔をあわせにくいような、でも、会いたかったような気分で、カンナは禄へ近づいていこうとしたけれど、数歩行って足が止まった。

禄の左どなりの席に、見おぼえのある女性がすわっている。

「だーれぇー?」

野原は間のびした甘い声で、禄にたずねる。

「仕事でお世話になってる瀬戸さんです」

すぐに禄が答えた。

カンナは笑顔をつくると、野原のそばまで行って軽く頭をさげた。

「初めまして。メロンワークスの瀬戸と申します」

「ふーん、瀬戸さんね。野原でーす」

「漫画、読ませていただきました。すごくおもしろかったです」

「ありがとー。ふふー」

野原はすわったままで体をねじってふり向いて、小首をかしげて笑う。

カンナは禄の右どなりの席にバッグを置くと、コートを脱ぎながらマスターに声をかけた。

「マスター、ビールください」

「え、いいの？」

「はい」

カンナが笑顔でうなずくと、横から禄が口をはさんできた。

「病みあがりなんだから、だめだろ」

「そうなの？　早く帰ったほうがいいよぉ」

禄のとなりから野原も言うが、あまり心配している口調には感じられない。早く帰りなさいよ、とせかされているようにも聞こえてしまう。

「いいんです。もう、ふつーに仕事してますから」

カンナが答えると、禄がまた、横から口をはさんできた。

「つうか、心配してんだから、退院したなら連絡くらいしろよ」

「メール、しましたけど。会社に」

「携帯にしろよ。おしえたじゃん」

カンナはそれには答えないで、カウンターに置かれたビールのグラスを手にとった。

「いただきまーす」

もうすっかり元気回復したという証明のように、カンナはいっきにビールをあおった。

あきれているのか、怒っているのか、禄はむっとくちびるをゆがめて見ていたけれど、
携帯電話に着信があったのに気づいて、いそいで表示を確認すると、

「すみません。ちょっと、仕事の電話なんで」

野原にことわって、電話を耳にあてながら店の外へ出ていった。

カウンター席に、カンナと野原が残された。

どちらも口を開かず、気まずいような沈黙が流れる。だまりこんでいるのも気がひけて、
カンナは野原に話しかけた。

「今日は、お仕事の帰りですか？」

「いーえ。プライベートでーす」

「そうですか……」

「赤沢くんてさぁ、だれにでもやさしいのよねぇ。だから、かんちがいする人、多いみたい」

野原はグラスをいじりながら、ひとりごとのようにそんなことを言う。

あなたも、その一人なんじゃない？　野原が暗に、カンナに釘《くぎ》を刺そうとしているのを感じる。

「べつに、私はかんちがいなんかしてませんけど」

なんでもない顔をして言い返したつもりだったけれど、声がこわばっている。

赤沢禄がだれにでもやさしい人だってことくらい、わざわざ言われなくても、カンナも知っている。

そっけなさそうに見えて、けっこう世話やきだってことも。だから、病院でつきそってくれたのも、倒れた現場に居合わせてしまって、責任を感じていたからなんだとわかっている。かんちがいなんかしていない。

再び、カンナも野原もだまりこむ。

そうするうちに、禄が電話を終えてもどってきた。禄はイスへすわりなおさずに、野原に声をかける。

「失礼しました。先生、そろそろ帰りましょうか」

「やーでーす。まだー」

野原は甘えた声を出して首を横へふって、禄の腕にしがみついた。

「明日も仕事あるじゃないですか」

「じゃあ、送ってくださーい」

ますます、野原は禄にしなだれかかる。禄は困ったように顔をしかめながらも、野原の手をふりはらおうとはしない。

二人のやりとりを見ていられなくなって、カンナはイスから立ちあがった。ひさしぶりにマスターのナポリタンを食べたかったけれど、もう店にいたくない。

「すみません、チェックしてください」

ひかえめに声をかけると、マスターは微笑んで答えた。

「あ、もう? いいよ、今日はね、退院祝いにサービス」

「うん……。ありがとう」

カンナも微笑んでうなずいてから、禄と野原のほうへ会釈《えしゃく》をすると、

「お先に失礼します」

二人からの反応を見ずに、さっと体の向きを変えて足を速めた。が、早く出ようと気が急《せ》いていて、段差でつまずいてころんでしまった。

「だいじょうぶ？」

後ろから、野原の声が聞こえる。

「す、すみません」

カンナはいそいで立ちあがって、マスターにあやまりながら、倒してしまった傘立《かさた》てなどを手早くもどす。打ちつけたひざが痛かったけれど、カンナはこらえてドアを開けた。


外へ出ると、雨がふりだしていた。

アスファルトをたたく雨音がはっきり聞こえるほどふっているけれど、早く店のそばから離れたくて、カンナは夜の街へ駆け出した。たちまち、髪や肩が濡《ぬ》れる。顔にも雨粒がふりかかる。

「瀬戸さんっ！」

途中にあった階段をのぼりはじめたところで、雨音にまじって禄の声が聞こえた。

カンナはいっそう足を速める。禄も階段を駆けあがってきて、カンナの腕を後ろからつかんだ。

「なにやってんだよ！」

「先生を一人で置いてきちゃだめじゃない」

「はあ？　めんどくせぇ〜っ！」

「帰ります」

カンナは禄の手をふりきって、また先に歩き出そうとした。

「あああぁっ！　あんたは、ほおっておけないんだよ！」

禄は髪をかきむしってから、こんどはカンナの手をとった。カンナが体をこわばらせたのにかまわず、禄は手をひっぱって、階段を上までのぼる。

手をつないだままで大通りまで出ると、禄は空車のタクシーを止めた。

「ど……、どこ行くの？」

「送ってく」

禄は答えて、うむを言わさずにカンナを後部座席へ押しこむと、自分もそのとなりへ乗りこんだ。

「い……、家には、入れないよ？」

タクシーが走りだしたところで、カンナは前を向いたままで禄に言った。

「入らないよ！」

禄もカンナのほうを見ず、窓の外をながめている。

「あの、手……」

シートの上でつながれている手に、カンナはちらちらと目をやる。

「……また、ころぶから」

「だって、すわってるし」

タクシーの中でころぶわけないのに。でも、禄は手を放すどころか、もっと力をこめてにぎってくる。

結局、ずっと手をにぎったままで、カンナのアパートの前についた。まず禄がタクシーからおりて、つづいてカンナもおりる。

雨にうたれながら、二人は向かいあった。

「ありがとうございました」

カンナが頭をさげると、禄が一歩、前へ踏み出してきた。

反射的に、カンナは一歩あとずさる。なにか言わなければいけない気がするけれど、それがなにかわからない。

「あのさあ」

沈黙のあと、禄が口を開いた。でも、つづきを飲みこんでしまう。

そして、カンナの頭を荒っぽくなでると、

「おやすみ！」

明るい調子でひとことだけ言って、禄は待っていたタクシーへ乗りこんでいった。

雨の中に、カンナだけが残される。

「あのさあ」——あのつづきは、なんだったの？　なにを言おうとしていたの？

気にかかるのにきけなかった問いを胸に、カンナは一人で、赤いテールランプが雨にかすんで遠ざかるのを見送っている。

scene 13

陽の射すとき

～ 禄・八年前 ～

「いっしょに田澤湖《たざわこ》へ行ってほしいの」——愛実《まなみ》にはそう言われたけれど、禄《ろく》はたのみをきくつもりなんてなかった。今さら、田澤湖なんて行くもんか。

そう思っていたのに、愛実と行く約束をすることになったのは、やはり、日記を読んだためだった。

田澤湖の近くまでは、愛実が車を運転してつれていってくれた。

駐車場に車を停《と》めて、田澤湖へつづく道を二人つれだって歩きはじめる。小学生のころ、遠足で歩いていった道だ。

雨にかすむ道を、傘《かさ》をさして歩いていく。雨のせいか、観光客のすがたはほとんど見あたらず、通っていく車も少ない。

やがて、見おぼえのある案内標識が、禄の視界に入った。

『田澤湖まであと2キロ』

その標識が近づくにつれて、禄の鼓動《こどう》が速くなってきた。わずかに息苦しさを感じたけれど、愛実がどんどん進んでいくので、禄もいっしょに歩いていく。

やがて、事故のあった場所へついた。

すでに事故の痕跡《こんせき》はなにもない。とりたてて変わったところのない、長い道路の一部にしか見えない。でも、禄と愛実にとっては、特別の場所。

希実《のぞみ》が倒れたあたりに、二人でしばらくたたずむ。そのあと、愛実は傘を閉じると、道のわきへ寄っていってしゃがみこんだ。

用意してきた白い花束を、そっと地面へ置く。それに、お菓子や缶ジュースをそえる。

それから、愛実は両手をあわせて、じっとうなだれた。禄はそばに立って、愛実に傘をさしかける。

雨音だけがひびく数分間がすぎたあと。愛実はゆっくりと立ちあがると、禄に向かって頭をさげた。

「きてくれて、ありがとう」

「いや、べつに。ひまだったから」

「うん……。でも、うれしいよ」

「……」

「行こっか」

愛実はいつもの笑顔にもどって、自分の傘を再び開くと、だまって立っている禄を先へとうながした。

そこから先は、禄も行ったことのない道だった。小学生のとき、遠足は事故で中断してしまって、それ以来ここへきたことはない。

「なんかさぁ、うち、暗かったでしょ」

長いトンネルに入ったところで、愛実は閉じた傘をぶらつかせながら話しはじめた。

「え？　あー……」

「太陽がいなくなっちゃったから」

「太陽？」

「うん。希実は、うちの太陽だったの。希実がいなくなって、両親の嘆《なげ》きようはすごくて……。少しでも元気を出してほしいって明るくふるまったら、なにへらへらしてるんだ、おまえは妹が死んで悲しくないのかって、怒られて。もう、びっくりしちゃった」

「……」

「あたしは、妹の代わりにはなれないんだよねぇ。うちの中、時間止まったままなの。動かさなきゃ、どうにかして動かさなきゃ、って。そしたら、禄ちゃんがもどってきたって聞いて、希実が呼んでる気がしたの」

静かに語って、愛実はうつむく。のぞき見るその横顔に、笑みはない。

なんと答えればいいか思いうかばなくて、禄がだまっていると、愛実はぱっと顔をあげて笑いかけてきた。

「あー、お腹《なか》、すいちゃった。おにぎり、つくってきたの。食べちゃおうか」

「え、今？」

禄はとまどったけれど、愛実はトンネルをぬけたところで、三角屋根の休憩所《きゅうけいじょ》をみつけて入っていった。

備えつけてあるテーブルに向かいあってすわって、愛実はバッグから、アルミホイルにくるまれたおにぎりをとり出して、一個を自分に、一個を禄にさし出した。

「でかっ！」

おにぎりをうけとって、禄は目をみはった。愛実のつくってきたおにぎりは、手のひらにあまるほど大きい。しかも、てっぺんの部分をかじろうとしたが、やたらとしっかりにぎってあってくずれない。

「固っ！」

「いーの。もんく言わない。ん、おいしっ。最高っ」

愛実はおにぎりにかぶりついて、さかんに口を動かしながら、うん、うん、とうなずいている。

自分でつくったおにぎりを「最高」ってほめるかよ？　禄はあきれたけれど、固いおにぎりをじっくりとかみしめていると、だんだんと米粒の甘みが口の中にひろがってきた。

塩かげんもちょうどいい。

「うまっ！」

そういえば、朝からなにも食べていない。出発前は緊張していて、食事どころではなかった。からっぽの胃に、おにぎりの味がしみていく。

「でしょ？」

愛実は満足そうに禄が食べるのを見ていたけれど、ふと、おにぎりをほおばるのやめて、背のびするようにして視線を泳がせた。

「あれっ、あのちっちゃいの、犬？」

「え？」

禄もそちらへ目をやってみたが、動くものはみつけられない。

でも、愛実は食べかけのおにぎりをテーブルに置いて、そわそわと腰をうかせた。

「きっと迷子だよ。ちょっと見てくる」

「え、ちょっと……」

「だいじょうぶ。そこで待ってて」

愛実は禄に言い置いて休憩所から出ると、雨の中を駆けていった。

道路からはずれて木々のあいだへ入っていく愛実を、禄は目で追う。わざわざさがしに行くなんて、犬、好きなんだな。あの人、すごくやさしい人なんだな……。

そんなことを思いながら禄がおにぎりの残りを食べていると、ふいに、木をゆさぶったような音がしたと同時に、かすかな悲鳴が聞こえた気がした。

禄は愛実の行ったほうを見たが、ついさっきまで木々のすきまにちらついていたはずの、愛実の赤いウインドブレーカーが見あたらない。

「……あれ？　ちょっと！」

禄は休憩所から出て、愛実のあとを追った。

でも、愛実のすがたはない。どこまで行ったのか、耳をすましてみても、落ち葉を踏みしめる足音も聞こえない。

「おーい、おーいっ！」

大きな声で呼びかけてみたが、返事はなかった。雨にかすむ木々のかさなりの中へ、禄の呼び声が消えていくばかりだ。

四方へ目をこらしてみて、禄は息をのんだ。

木々や草におおわれた斜面をずっとくだっていった先に、赤いものをみつけた。愛実がうつぶせで横たわっている。

「あ！　おいっ！」

禄はいそいで斜面をおりていこうとしたが、数歩も行かないうちに足がすべった。ぬかるんだ土の上を、禄の体はずり落ちていく。とっさに手にふれた草をつかんで、かろうじてそれ以上落ちるのを止めた。足首に鋭い痛みが走る。でも、今は、自分のことにかまっていられない。

「だいじょうぶですかっ！」

ようやく、横たわっている愛実のところまで行きついて、禄は愛実の上半身をかかえ起こした。愛実は意識がない。

かかえ起こしたひょうしに長い髪がひるがえって、愛実の顔が禄のほうへ向いた。

その顔を見て、禄は声をあげそうになった。

目を閉じたその顔は、幼《おさな》い女の子のものだった。遺骨にそえて、黒い額に飾られていた希実の顔だった。

「……柿之内《かきのうち》？　柿之内？」

かすれる声で禄は呼びかける。「ロクちゃん、ロクちゃん！」とまとわりついてきた希実の声が、今そこから聞こえているように耳によみがえる。どれだけ呼びかけても、希実は目を開かない。

「柿之内……、ごめん！　柿之内、ごめん！」

目を閉じたままの希実を、禄は胸に抱きしめた。どんなにあやまってもたりなくて、強く、強く抱きしめる。

思い出すまいとしていたけれど、ほんとうは、忘れた日は一日だってなかった。一分、一秒だって、忘れたことはない。友達と遊んでいても、笑っていても、いつでも、どこにいても、なにをしていても、いつもあのときのことを考えていた。

ごめん、ごめん。

手づくりのクッキーをわたしたい、よろこんでもらいたい、ただ、それだけだっただろうに。クラスメイトにひやかされるのが恥《は》ずかしくて、うっとうしくなって、ついふりはらってしまった。すぐにうけとってやればよかったのに。たったそれだけのことで、事故はさけられたのに……。

ごめん、ごめん。ほんとうに、ごめん。

「禄ちゃん……」

かすかな声が聞こえて、はっとして体を離すと、そこにいたのは愛実だった。

愛実のまぶたが、ゆっくりと開いていく。愛実は苦しげに顔をゆがませながら、禄の腕の中で、あえぐように問いかけた。

「禄ちゃん……、あたし、生きてても、いいのかなぁ……」

「なに言ってんだよ！　俺、姉ちゃんまで殺したくない！」

「禄ちゃんのせいじゃないよ。ばかだねぇ」

ほんとだよ、ほんとにそう思ってるんだからね。愛実のやさしい声は、そうつたえてくれている。

禄の目の中が熱くなってきて、涙がにじむ。あふれてくる涙をこらえきれない。

愛実はのろのろと腕をあげると、禄の頭の上へ、そっと手のひらをのせた。そんなに泣かないで、といたわるように。

雨にけむる山の中に、禄の泣き声がひびいていく。

どれくらいそうしていたのか、あたりが明るくなっていることに気づいて、禄と愛実はそろって空へ目をやった。

まだ厚い雲がかかっているけれど、雨はやんでいる。わずかな雲の切れ間から、太陽の光が射《さ》してきて、禄と愛実の上にまぶしくふりかかった。

「あ……」

「あがったね、雨」

まばゆい光を、禄と愛実は見あげる。急にあたりは暖かくなってきて、遠くからは小鳥のさえずりも聞こえてくる。

「あたしたち、なにやってんだろうねぇ」

よいしょっという感じに愛実は禄の腕から離れると、いたるところについた土や枯れ葉を手ではらった。

禄も足をかばいながら立ちあがって、雲間《くもま》からのぞく青い空をあおぎながら、

「ほんとっすよ。山奥でおにぎり食って、すっころんで、なにやってんだか。まじ、いてぇ」

大げさに顔をしかめて、足首をさすってみせる。それを見て、愛実も顔をほころばせて、

「痛いよ。笑わせないで」

と、体のあちこちを押さえて、痛い、痛いと言いながら笑っている。

「田澤湖、また行けなかった」

田澤湖のある方向をながめながら、禄はつぶやいた。遠足は中断してしまったし、今日も早く病院へ行ったほうがよさそうだ。

「うん……。でも、会えた気がする、希実に」

愛実のことばに、禄もうなずいた。

今日、ここへきてよかった。愛実にさそってもらわなければ、絶対にこられなかった。まぼろしだったのかもしれないけれど、つかのま、希実に会って、気持ちをつたえるこ

とができた。けっしてそれで、つぐないができたとは思わないけれど——。

「なにか、俺にできることありますか？」

「あるよ」

禄の問いかけに、愛実はうなずいた。そして、禄をまっすぐに見つめながら答えた。

「禄ちゃんは、禄ちゃんの道を行って」

scene 14

メール

～ 現在 ～

「あのさあ」——昨夜、雨の中で、禄《ろく》はなにを言おうとしていたのか。あのつづきは、なんだったのか。

翌日、会社へ行ってからも、カンナはそのことが頭から離れなかった。禄の手のひらが、まだ髪にふれているように感じる。

とにかく、お礼はきちんと言っておきたい。あとから気づいたけれど、タクシー代もはらっていない。

カンナはそう決めてパソコンのメール画面を開いたけれど、思いなおして、バッグから携帯電話を出した。

『昨夜は、ありがとうございました。あの後、野原《のはら》先生はだいじょうぶでしたか？』

禄の携帯アドレスに宛《あ》てて、メールを送る。

すぐに、禄から返信がきた。

『かぜひいた　うちでねてる』

「え？　だれが？　野原先生が？　赤沢《あかざわ》さんが？」

まさか、野原先生がいっしょに部屋で寝ている、ってことじゃないよね？　そりゃあいいんだけれど、べつにいっしょにいたって……。

そんなことをカンナが思いながら、ひらがなだけのメールに目をこらしていると、またつづけて短いメールが届いた。

『あたま　もーろー』

「だから、だれが？」

つい携帯電話に向かって問い返していると、三通めのメールが送られてきた。

『もも　くいたい』

「もも？」

ももって、果物《くだもの》の桃のこと？　「くいたい」と意思表示があったということは、寝こんでいるのは禄自身ということなんだろう、たぶん。

だけど、「くいたい」って言われても困るんだけど……。どうしようか、べつに放っておけばいいのか、と短いメールを見ながら、カンナは考えていた。


ひとり暮らしのアパートの部屋で、禄はベッドの上でうなっていた。

風邪薬《かぜぐすり》を飲んでも、なかなか熱がおさまらない。口がまずくて、食欲がない。なにも食べられないから、よけいに体に力が入らない。

眠ったり目がさめたりをくり返して、またうとうとして目を開けると、部屋の中ほどに女の子がすわっているのが見えた。

「ああ……」

そうか、希実《のぞみ》か。

とうとう、部屋まできたのか。どうしたんだ、なにか言いたいことがあるのか。そうだよな、言いたいことは、たくさんあるよなあ。

そう思ったとき、希実のすがたは、ふっとおとなの女性に変わった。それがカンナだと気づいて、禄はだるいのも忘れてベッドの上ではね起きた。

「わああっ！　なんでっ⁉」

「マスターに聞きました。鍵《かぎ》、開いてましたよ」

押し入ったわけじゃありませんよ、という感じにカンナは答えた。

どうしようかと迷ったけれど、意識もうろうとまで訴えられたら、放っておくこともできなかった。風邪をひいたのは、雨にうたれたせいかもしれないのだし。

リクエストされた桃は季節はずれで売っていなかったので、シロップ漬《づ》けになった白桃《はくとう》の缶詰《かんづめ》を買ってきた。

キッチンは思っていたよりかたづいていたけれど、それはたいして自炊《じすい》しないせいなのかもしれない。カンナは白桃をひと口で食べられる大きさに切って、ガラスの器《うつわ》に入れて、ベッドまで持っていった。

でも、フォークまでそえておいたのに、禄は器を手にとろうとしない。

「食べさせて」

カンナに向かって、大きく口を開く。親鳥からえさをもらうのを待つヒナのように。

「はあ？」

子どもじゃないでしょ！　と、つっぱねてやりたいところだったけれど、病気なのだからと、カンナはフォークで白桃を刺して、禄の口へ入れてやった。

「あ〜っ、うめぇ〜っ」

禄は口を動かしながら、しみじみとした声をあげた。

「聞きたいことがあったの」

二個めの白桃をフォークに刺しながら、カンナは切り出した。このあいだからずっと考えていたけれど、たずねる機会がなかったこと。

「罪悪感って、どうやったらなくなるの？」

「なんで、そんなこと聞くの？」

カンナの問いに禄は質問で返してから、すぐに察《さっ》したような表情になった。

「あー、そっか。アレか、俺がなんにもなかったような顔してるから？」

「あ……、ごめんなさい。ちがう……」

「言っとくけどね、なくなんないよ、そんなもの。一生、かかえて生きてくんだよ。期待してた答えじゃなくて、ごめんね」

緑の口調には、わずかに皮肉ったような響《ひび》きがあった。

カンナは恥《は》ずかしくなって、うつむいてだまりこんだ。見たところだけで勝手に決めつけるなんて、おろかなまねをしてしまった。高校のとき、自分だって、泣かないなんて瀬《せ》戸《と》さんは冷たいとうわさされて、そんなふうに見えてしまうのかなあと思ったのに。自分も同じことをしてしまっていた。

「あのさ」

ふいに、緑はベッドの上で姿勢を正してから、カンナのほうへ少し身をのり出すようにして言った。

「ものは試しに、俺たち、つきあってみない？」

「は？　試し？」

とうとつに出てきたことばに、カンナはあっけにとられてしまった。試しにって……、どういうこと？

「いや、なんつーの、ダメだったらダメで、しょうがないからさ」

カンナのとまどいをわかっているのか、いないのか、緑はいとも軽い調子でつけくわえ

てから、

「ま、考えてみてよ」

と、カンナに言ったのだった。


「ダメだったらダメで、しょうがないって……」

いつものバーへ飲みに行っても、カンナは禄に言われたことを考えてしまう。

「メールしていい？」

ふいに、カウンターの向こうからマスターがたずねてきて、意味がわからず、カンナは問い返した。

「だれに？」

「赤沢くん」

「家で寝てると思いますけど」

「いついかなるときでも、カンナがきたらおしえてくれって」

「え、気持ち悪い」

「じゃあ、気持ち悪がってるってメールしとくね。キー、モー、チー」

マスターは携帯電話を少し遠ざけるようにして、一文字ずつ声に出しながら、ボタンを押していく。この調子では、かなり時間がかかりそうだ。

「私、昔、メールできなかったの」

一個ずつボタンを押していくマスターを見ながら、カンナはつぶやいた。

「ぼくなんか、今でもおぼつかないよ」

マスターは苦笑する。

「そうじゃなくて」

カンナも少し笑って、話をつづけた。

「いろいろあって、高一の夏から、メールできなくなったの。でも、大学のとき、百加《もも か》に不便だって怒られて……、復活した」

やさしくさとされていたら、今でも無理だったかもしれない。

でも、百加らしく、「不便だ!」なんて現実的な理由を言われたから、かえって思いきってやってみることができた。

「ひさしぶりにやってみて、どうだったの?」

「メールはね、ちっとも怖くなかった。だいじょうぶだった。でも……」

「ん?」

「だいじょうぶになることが、少し怖かった……かな」

マスターはそれ以上くわしくたずねようともしなかったし、あからさまにはげまそうともしなかった。

「わかんないけど、ナポリタンでいいかい？」

ちょっと首をかしげるようにして、いつもと変わらない口調でたずねてくる。

そんなマスターの気づかいが、カンナはうれしかった。同情めいたことは要《い》らない。そうか、と聞いてくれるだけでいい。

「うん！」

カンナは笑顔になって、大きくうなずいた。マスターのおいしいナポリタンをお腹《なか》へ入れること。それが、きっと、なによりの元気のもとになる。

scene 15

再会

〜 現在 〜

桜場《さくらば》家の庭では、日が少し陰《かげ》ってきたのをみはからって、愛実《まなみ》が洗濯物をとりこんでいるところだった。

乾燥機を使えば便利なんだろうなとは思うけれど、洗濯物はやっぱり太陽にあてて乾かしたい。外で干《ほ》した洗濯物は、とても気持ちいい。ほんのり温かくなっていて、お日さまのいい匂《にお》いがする。

愛実のそばでは、睦実《むつみ》がお手伝いをしてくれている。愛実がピンチハンガーから洗濯物をはずすと、睦実はちいさな手でそれをうけとって、かごの中へ入れてくれる。

そういうところを見ていると、睦実はちゃんとものごとを観察していて、手順などを理解しているのだとわかる。

理解する力はあるのに、なぜ、ことばだけ出てこないのか。

悩みすぎてもしかたないとわかっているけれど、やっぱり、どうしてなんだろうと考えてしまう。

「ありがとう。おうち、入ろっか」

睦実に声をかけて、愛実が洗濯物でいっぱいになったかごをさげて部屋へもどろうとしたとき、テーブルの上に置いてあった携帯電話が鳴りだした。

発信者には、禄《ろく》の名前が表示されている。愛実は笑みをうかべて、受信のボタンを押した。

「もしもーし、禄ちゃん？」

食卓のイスに腰をおろしながら明るい声で呼びかけると、電話の向こうからも、親しみに満ちた声が返ってきた。

『うん、写真、ありがとう。なに、発表会？』

「うん。幼稚園の劇に出たの」

『すごいじゃん』

「セリフないけどねー」

『あー……、じゃあ、まだ？』

「あいかわらず。しゃべってくれないの。遅い子もいるっていうから、気にしないようにしてるけど……。ごめんね、こんな話」

『いいよ』

いくらでも聞くよ、という感じに、禄は答える。

愛実は心配かけたくないと思いながらも、禄には、つい弱気なことを口にしてしまう。でも、禄の声を聞けると、それだけで気持ちがやわらぐ。

「そーいえばぁ、彼女できた？」

もっとほかのことも話そうと、愛実は話題を変えた。

『いきなりかいっ』

「だって、気になるよぉ。幸せになってほしいもん、禄ちゃんには」

ふと気がつくと、睦実がそばへきて、じっと見あげている。

愛実は電話を耳にあてたまま、「なあに?」と問いかけるように小首をかしげてみせたが、やはり睦実の口からことばが出ることはなかった。


その日、カンナは柳原《やなぎはら》につれられて、映画配給会社をたずねていった。映画配給では大手になる会社で、さすがに広々としたオフィスビルに入っている。

「瀬戸《せと》、おまえ、最近、男できた?」

打ち合わせを終えて、オブジェの飾られたロビーを二人で通っていると、ふいに柳原はそんなことを言いだした。

「は? できてません! なんですか、いきなり」

「ふーん、あやしいねぇ」

柳原は首をひねってカンナの顔を見てから、視線を前へもどして、一転してうれしそうな表情になった。

「おっ、美人発見」

「はいはい」

あしらいながらカンナも前へ向きなおると、ちょうどロビーへ入ってきた女性のすがたが目にとまった。

ショートカットがよく似合っているその女性を見たとき、カンナの足が止まった。

背すじをのばしてこちらへ歩いてくるすがたに、八年前の記憶がかさなる。いっきに鼓《こ》動《どう》が速くなる。急に空気がうすくなったように、息苦しくなってくる。

立ち止まっているカンナに気づいて、その女性はいぶかしげな目を向けてきたけれど、やがて、はっとしたように表情を変えた。

「セト……、カンナ……？」

グロスでいろどられたくちびるが、切れ切れにつぶやく。

「朝美《あさみ》……」

名前を呼び返す声が、かすれてふるえる。

先に行った柳原がふり返って、なんだ、なんだ、どうしたんだ、という顔で見ているが、とりつくろうこともできない。

カンナの耳の奥に、あのときの朝美の声がよみがえる。あんたを許さない。絶対に許さない。

どうしよう、どうしよう。

こんなところで朝美と会うなんて、どうしよう……。

でも、とまどいが消えていったあと、朝美の顔には、こぼれるほどの笑みがひろがっていった。

「カンナぁ！　マジでぇ！」

声をはずませて、朝美は駆け寄ってくる。

無理につくった笑いではない。心の底からあふれ出てきた笑顔。思いがけない再会におどろいて、本心からよろこんでいる、そんな笑顔だった。

scene 16

十五歳のままで

〜 現在 〜

「なんか、ふしぎだねぇ。なんで、またいっしょにいるんだか」
その夜、仕事が終わってから待ち合わせてダイニングバーへ入ると、朝美《あさみ》はそう言って
カンナに微笑《ほほえ》んだ。
「うん、ふしぎだよね」
微笑みを返しながら、カンナもうなずいた。
カンナはまぶしいような思いで、丸テーブルの向こうにいる朝美を見ていた。
朝美は、なんてきれいになったんだろう。
もとから美人だったけれど、あかぬけて、凛《りん》としている。せいいっぱい仕事をしている
という誇り、意欲、はりあい、自信。そういったものがにじみ出て、朝美を内面から輝か
せている。
こうして朝美と向かいあっているなんて、ほんとうにふしぎだった。間近《まぢか》にことばをか
わしたりすることは、もう永久にないだろうと思っていたのに。
二人とも東京にいるのだから、会おうとすれば、もっと早くに会うことはできた。
でも、朝美に会うのが怖かった。浴衣《ゆかた》すがたのカンナを見たときの、あの目。またあの
目で見られることを、ずっと恐れていた。
それなのに、こうして再び会ってみると、湧《わ》いてくるのは、会えてよかったという温か

い気持ちだった。

　連絡をとろうともしなかったくせにずうずうしいけれど、やっぱり朝美は、同じ思い出を持つ、たいせつな人なのだった。

「東山には？」

　軽くグラスをふれあわせるだけの乾杯《かんぱい》をしたあと、料理を食べはじめたところで朝美にたずねられて、カンナは首を横にふった。

「実家、引っ越しちゃったし。帰ってない、ぜんぜん」

「マヤには？　マヤも東京でしょ？」

「……ううん。会ってない」

「そっかぁ。もう、八年もたったんだね」

「うん……」

　真山《まやま》もたぶん、東京のどこかにいる。もしかしたら、今ごろは、真山もこんなふうに、同僚とか友達と食事しているかもしれない。

　でも、ハルタだけは、どこにもいない。

　ハルタとは、いっしょに小学校へかよって、いっしょに中学生になって、いっしょに高校に合格した。いろいろな節目《ふしめ》を、いつもいっしょに歩んできた。

それなのに、今、ハルタがいない。

「あのね、私、ほんとは、カンナがうらやましかった」

朝美はグラスをいじりながら、ふっと視線をおとしてつぶやいた。

「え？　私？」

「そうだよぉ。だって、私、ハルタのこと、好きだったから」

カンナを見つめながら、朝美は少し笑う。

カンナは息をのんで、なにも答えられなかった。なにげなさそうに朝美は言ったけれど、けっして軽々しく口にしたのではないとカンナにもわかっている。今まで言えなかったことを、やっとうちあけたのだ、と。

もしも、高校一年生のとき、ハルタがまだいるときに朝美から聞かされていたなら、なにかが変わったかもしれない。これも、あったかもしれない未来のひとつ。現実にはならなかった、未来のひとつ。

「あっ！　って言っても、昔の話だよ。今は、ちゃんと彼氏いるし」

カンナがだまりこんだのを気にしたのか、朝美は口調を明るくして、顔の前で手をふってみせた。

「そうなんだ……」

カンナも少し笑った。

ハルタを好きだった朝美も、今は別の人とつきあっている。あたりまえのことなのに、なぜか胸がつまる。

「カンナは？　ほんとうは、だれを好きだったの？」

「えっ……」

「言っちゃいなよ。時効だよ、もう」

そうながされても、カンナは答えられなかった。

すると、朝美はテーブルの上で両腕を組んで、カンナのほうへ身をのり出すようにしてきた。

「あのさ、私、あのときはひどいこと言ったけど、今はそんなこと思ってないよ、ぜんぜん。私たち、もう二十三歳だよ」

「うん……」

「知ってる？　ハルタんちも引っ越したって。お父さん、再婚したんだよ」

「そっか」

「子どももいるんだって。男の子」

「え……？」

「想像できる？　ハルタの弟だよ」

引っ越し。再婚。弟。今おしえられたことが頭の中でぐるぐるまわって、カンナはなにも言えなくなった。

「どした？」

朝美が気づかうように、カンナの顔をのぞきこんでくる。

「じゃあ、ハルタはどこへ行ったのかなぁ……」

カンナのくちびるから、ひとりごとのようなつぶやきがもれた。

新しい家には、新しいお母さんがいて、半分だけ血のつながった子どもがいる。

ハルタのことだから、案外と、年の離れた弟をかわいがるかもしれないけれど……。

ハルタ、肩身せまいんじゃない？　新しいお母さん、弟ばっかりだいじにしたりしない？　ハルタをじゃまにしたりしない？

でも、その新しい家には、ハルタは住んでいないんだ。それじゃあ、ハルタの家はないってこと？　新しい家に、ハルタの部屋はないの？　ハルタは、どこへ行ったの？

そんなことを考えるのはおかしいと、自分でもわかっている。だけど、考えずにはいられない。

あれから、八年。

ほんとうに？　ほんとうに、八年もたっているの？

朝美はしばらくのあいだ、ことばをうしなって目をみはって、それから、いたわるようなまなざしになって言った。

「カンナ、あんた、まだ十五歳だね」

ああ、わかってしまうんだな、とカンナは思った。同じ日々をすごした朝美には、わかってしまう。

「……ばれた？」

いたずらをみつかった子どものように、カンナは首をかしげて笑ってみせる。

化粧して、髪を染めて、名刺《めいし》を持って、いっぱしのおとなになったような顔をしてすごしているけれど、心はあの日のまま。

そう、心の中では、時間が止まっている。

ハルタが消えてしまった、あの花火大会の夜から——。

「百加《ももか》！　百加！　ももかぁ！」

もう夜もふけているというのに、カンナはアパートのうす暗い廊下で、鉄製の玄関ドアをこぶしで力いっぱいたたきまくっていた。

朝美とはいろいろなことを話しながら、たくさん飲んで食べた。

それから、朝美と別れて、夜の街を一人で歩いているうちに、急に酔いがまわって足もとがふらついてきた。

このまま帰りたくない。ふっとそう思って、気がついたら、自分の部屋へ帰るのとはちがう方向へ足を向けていた。

このままでは、今夜はとても眠れそうにない。だれかに話を聞いてほしい。

でも、アパートの部屋へ帰ったら、また一人。なにを聞いてもらいたいのかもわからないけれど、だれか、とりつくろわずに気持ちを吐き出せる人のところへ。

そう思って百加のところへきたはずだったのに、やっと玄関ドアが開いたら、出てきたのは禄《ろく》だった。

「え？　なんで？　なにしてるの？」

まさか、知らないうちに百加とつきあってたの？　カンナが目をみはっていると、

「つーか、ここ、俺んち」

ひとことずつ区切って、禄が答えた。

「あーっ、百加んち行こうとしてたんでした！　さよなら！」

カンナはひとつ手を打ってから、くるりと向きを変えた。まちがえた。酔った頭にぱっ

と思いうかんだ道順をふらふら行ったら、まちがってしまった。

「待てよ、酔っぱらい！」

ひき返そうとするカンナの腕を、後ろから禄がつかんだ。

「あひゃあぁ～っ！　つかまった～っ！」

カンナはかん高い笑い声をあげる。それから、ふっと真顔《まがお》になって、うるんだ目で禄を見あげた。禄は困ったように、カンナをじっと見つめる。

「すげぇ酔ってるよね？」

「いえ、べつに。おじゃまします」

カンナは急に背すじをのばして礼儀正しく頭をさげると、禄の横をすりぬけて、勝手に部屋の中へ入っていった。

「あ、靴！」

禄が止めるのもきかず、カンナは靴をはいたままでカーペットの上へあがり、バッグもコートも放り投げて、ぱったりと倒れるように寝ころがった。

「ったく、子どもかよ」

禄はため息つきながら、カンナの足から靴をはずしてやった。

「はい。あたし、十五のままです」

ふふっとカンナは笑って、寝ころがったままで足をばたつかせる。

緑はそれを見て、カンナが酔っぱらっているだけではなく、どこかようすがおかしいことに気づいた。カンナのそばに、緑も同じように横になる。

「……子どもがいるらしいの」

カーペットの織り目を見つめながら、カンナはつぶやいた。

「え？」

「ハルタの弟。ハルタのお父さん、再婚して、新しいおうちで、みんな幸せ。あたりまえのことだよね。なんにも悪くない。でもさ、じゃあ、ハルタはどこに帰ればいいの？」

答えなんかもらえないと、わかっている。

ただ、吐き出したかった。

今、胸の中に渦巻《うずま》いていることを。

「私……、なんか、今、ちょっとだけ泣いていいかなぁ……」

そう口にしたとたん、いっきに涙があふれた。

こらえていた涙が、どんどん流れ出してくる。ちょっとだけではなくて、カンナは声をあげて泣きじゃくった。

二十三歳の社会人なら、床にころがって泣くなんておかしい。

でも、ほんとうは十五歳なんだから。みっともないまねをしても、少しは許してもらえるかもしれない。

今夜は、朝美に再会できてうれしかった。「また連絡するね！」と言ってくれたし、朝美がきれいになっていて、彼氏もいて、元気に仕事していることを知って、心からうれしかった。それなのに、胸が苦しい。

ハルタを好きだったことも、朝美にとっては、もう「昔の話」。

ハルタのお父さんも再婚して、新しい家で暮らしている。お父さんのそばでは、ハルタの代わりに、半分しか血のつながらない弟が笑っている。

みんな、元気。みんな、幸せ。

でも、それじゃあ、ハルタの居場所がない。どこにも帰れない。ハルタはひとりぼっち。

ハルタ、ごめんね。

ひとりぼっちにさせて、ごめんなさい。

禄は起きあがると、カーペットの上に正座した。声をあげて泣きつづけるカンナを、じっと見つめる。そして、静かに声をかけた。

「なあ、ハルタに会いに行こう」

カンナはふっと泣くのをやめて、禄を見あげた。ハルタに会いに……？　どういうことなのかと、涙に濡《ぬ》れた目で禄へ問いかけるように。

scene 17

故郷

～ 現在 ～

「あの、かなりふしぎなんですけど……」

それから何日かのち、休みをとったカンナは、禄《ろく》が運転するレンタカーで故郷の町へつづく道路を走っていた。

窓の外を流れていく風景をながめながら、私、どうして急に帰省《きせい》してるの、とあらためて思った。

朝美《あさみ》と再会した夜。酔って、わめいて、泣いて、少し頭がはっきりしてきたころには、禄と出かける約束がまとまっていた。そんなつもり、直前までなかったのに。もう実家もないし、二度とあの町へは行かないだろうと思っていたのに。

今朝、駅まで行ってはみたものの、でも、あれはその場かぎりのてきとうな約束だったのかも……と思っていたら、待ち合わせの時間どおりに禄はあらわれた。手際《てぎわ》よく切符《きっぷ》まで用意してくれていた。

それでもまだぐずぐずしてたら、早く、早く、と禄にせっつかれて、結局、二人で列車に乗ることになったのだった。

「だいじょうぶ、俺もふしぎだから。まあ、ついでもあるし、ちょうどいいっつうか」

ハンドルをあやつりながら、禄が答える。

「ふーん……」

ふしぎがってみたところで、もうここまできてしまった。

でも、「ついで」というのはなんだろう？　実家へ寄るつもりでもなさそうだし、はっきり言わないところがひっかかる。

「で、どっち？」

「え？　え、えーと……」

分かれ道が近い案内標識が出ているのを確認して、禄がたずねてきた。

カンナは地図をひろげてみたが、どこを見ればいいのかとっさにわからない。いそいで外の風景を見まわしてみる。

「あれ？　ここ、どこですか？」

「え？　住んでたんじゃねーの？　あ、右折？　ここ、右折？」

「えっ、えっ？　っていうか、なんで、ナビついてるの借りないんですか！」

「ないほうが楽しいじゃん」

「意味わかんないっ」

そうするうちに分かれ道が目前にせまり、禄はカンナの指示を待つのはあきらめて、勘《かん》をたよりにハンドルを切った。

分かれ道が近づくたびに騒ぎをくり返して、少々遠まわりはしたものの、朝美におしえてもらった住所へたどりつくことができた。

ハルタの父親が住んでいるという、新しい家の住所。

そこは、山あいに造成《ぞうせい》された、新興の住宅地だった。

カンナがこの町に住んでいたころから拓《ひら》かれていたけれど、今でも、少しずつ範囲がひろげられつつある。

どこが何番地になるのかはっきりしなくて、カンナは住所を書きとめたメモを片手に、一軒ずつ、表札をのぞいてまわる。

そのあいだ、禄のほうは、カンナの近くにつきそいながら、携帯電話で話していた。

『赤沢《あかざわ》くん！　今日、くるよね？　あたしのデビュー十五周年パーティー！』

電話の向こうでは、野原《のはら》がさかんに声をはりあげている。

「あ〜っ、すみません、今日は……」

『ひっどーい！　もしかして、忘れてたの？　あたし、ドレス、新しくつくったのに。ねえ、くるよね？　今から、くるよね？』

それは無理なのだが、野原はとうてい納得しそうにない。でも、遠方にいると言えば、しつこく理由を追及されそうな気がする。

禄の電話する声を耳にしながら、カンナはうろうろと表札を見てまわっていたが、何軒めかで、やっと『春田《はるた》』の名字をみつけた。

「あ、ここ……」

そこは、直線的な造《つく》りが印象的な、洋風のしゃれた住宅だった。四方のまっ白な外壁が、まぶしく太陽をはじいている。コニファーが庭先をいどろっていて、パンジーの寄せ植えなどがいくつも飾られていた。清潔感にあふれて、中から明るい空気が発せられているような、そんな家だった。

車があるけれど、おじさんはいるのかな。家の中は、どんな感じなのかな。そんなことを思いながら、カンナがようすをうかがっていると、ふいに玄関のドアが開いた。

はっとしてカンナは体を固くして、その場に立ちすくむ。禄も気づいて、小走りにカンナのそばへもどる。

『赤沢くん？　もしもし？　もしもーし！』

受話口からはっきりともれ聞こえるほど、野原は何回も呼びかけているけれど、

「すみません。こんど、うめあわせしますから」

禄は早口で言って、野原の返事を待たずに通話を切った。

カンナと禄は、無言で玄関ドアを見つめる。

やがて、家の中から、三十代くらいの、パンツにパーカーをはおった女性が出てきた。その後ろから、男の子がついてくる。幼稚園にあがっているかどうかくらいの、まだ幼《おさな》い男の子。

女性は玄関に鍵《かぎ》をかけると、男の子の手をとって道路のほうへ歩きだした。カンナたちを不審《ふしん》がるようすもなく、

「こんにちはー」

と、くったくなく声をかけてくる。

カンナたちのそばを通りすぎるとき、男の子はカンナを見あげると、

「バイバーイ」

と笑って、ちいさな手をふってきた。

女性はそれを見て微笑《ほほえ》んでから、カンナに向かって、どうも、という感じに軽く頭をさげる。女性が男の子を見守る目には、やさしい笑みがたたえられている。

「バイバイ……」

カンナはかすれる声で言って、男の子に手をふり返した。

女性と男の子は手をつないで、晩ご飯はなににしようかとか、楽しげにおしゃべりしながら遠ざかっていく。

二人を見送るカンナを、気づかうように禄が見ている。その視線にこたえるように、カンナはつぶやいた。

「……似てない。ぜんぜん、似てなかった」

「残念だった？」

「ううん」

ゆっくりと首を横にふってから、カンナはつけくわえた。

「似てなくて……、よかった」

ハルタの弟。半分だけ、ハルタと同じ血を持っている子。

でも、ハルタじゃない。

ハルタとは、まったくべつの存在なのだ。そのことを、思い知った気がする。

あの子は、ハルタとは、べつの未来を生きる。

ハルタが生きられなかった、十六歳も、十七歳も、十八歳も、それから先も、きっとあの子は生きていく。


そのあと、再び禄の運転するレンタカーで、ハルタの墓がある寺へ向かった。

墓地には同じような墓石がたくさんならんでいて、ここでも、春田家のものをさがすのに手間《てま》どった。

やっとみつけた墓に向かって、カンナは花をそなえる。それから、禄といっしょに、静かに両手を合わせた。

「どうして、いっしょにきてくれたんですか？　私のことだけじゃないんでしょ？」

お参りを終えたあと、寺の石段をおりながらカンナはたずねた。話そうかどうしようか迷うように、禄はだまってから、あいまいに答えた。

「んー、子どもが気になって……」

「えっ！　子ども、いるの？」

「……どんなボケだよ」

「あ！　写真の？」

「うん、前に話した柿之内《かきのうち》の、姉ちゃん。一度、娘の顔見にきてくれって言われてて。まあ、でも、べつに、今日じゃなくても……」

「行きましょう！」

まだ話している最中に、カンナは禄の腕をつかんだ。

「えっ、ちょっと遠いよ」

「いいから、ぶっ飛ばしましょう！」

まだ決めかねている顔の禄を、カンナはぐいぐいとひっぱっていく。車のところまでもどると、さあ早く早く、と禄をうながした。

あれこれ迷うのは、本心では「行きたい」ということだ。

でも、なかなか踏み出せないでいる。

その気持ちは、カンナにもよくわかった。

カンナ自身も、禄がなかば強引にさそってくれなければ、ハルタの弟に会いにくるなんて、とうていできなかっただろうから。


「柿之内の姉ちゃんの娘、ことば、遅いらしくてさ。心配してて……」

禄は車を運転しながら、そう言って事情を説明した。

「いくつ?」

「四歳」

「そっか……」

幼稚園にあがる年齢になっても話せないというのは、やはり遅すぎる。だからよけいに、禄は気にかけているのだろう。

「魂《たましい》ってさぁ、どーなってんだろうな」

目的地へ向かって車を走らせていく途中で、禄はそんなことを口にした。

「んー、どこにあるのかな。やっぱり、お墓?」

「とりあえず、墓にはいないみたいな?」

「お墓参りしといて? ハルタに会いに行こうとか言っといて?」

「だって、それじゃ重いだろ。あんたの背負ってるもの」

禄の口調はいつものようになにげなかったけれど、そのことばに、カンナは胸をつかれた。

だまりこんでしまったカンナに、禄はつづける。

「なぁ、ハルタは、たちの悪いバケモノだった? あんたをがんじがらめにして苦しめるような、ひどいやつだった? 思い出してやれよ。ちゃんと思い出してやろうよ」

scene 18

会いたかった

〜 現在 〜

桜場《さくらば》家のダイニングキッチンでは、愛実《まなみ》が夕食の準備をはじめていた。

「おにぎり、おにぎり……」

おにぎりの歌を口ずさみながら、さやえんどうのすじをひとつずつとっていく。

となりのイスにすわっている睦実《むつみ》は、愛実の手もとを興味深そうに見ながら、ごま塩のおにぎりを口いっぱいにほおばっている。

「はい、むっちゃんも」

愛実がうながすと、睦実も笑ってリズムをとりはじめた。おにぎり、おにぎり、と声には出さずに歌っている。

愛実も笑ってそれを見守るけれど、心の中では、また悩んでしまった。

耳はまちがいなく聞こえているし、音楽も理解できている。まったく問題はみつからないのに、どうして、声だけ出ないんだろう。

そのとき、わきに置いてあった携帯電話に着信があって、禄《ろく》の名前が表示されているのを見て愛実は微笑《ほほえ》んだ。

「もしもし、禄ちゃん？」

いつもの近況報告のような電話かと思ったら、今日はちがっていた。近くまできているから会えないか、という。

「ええっ、今？　うん、行く。だいじょうぶ。待ってて」

愛実は即答して、すぐにしたくをした。睦実に上着をはおらせて、帽子もきっちりとかぶせた。

やっと、睦実に会ってもらえる。禄はたいせつな人だから、早く会ってほしいと思っていた。睦実は成長するにつれて、だんだんと顔立ちが希実《のぞみ》に似てきている。

「むっちゃん、おいで！」

愛実は自分もコートをはおると、睦実の手をしっかりとにぎって家を出た。


桜場家からさほど遠くない公園で、カンナと禄は愛実がくるのを待っていた。愛実と会うのは、禄も数年ぶりになるらしい。

「ろくちゃーん！」

やがて、髪の長い女性が幼《おさな》い子どもをつれて、大きく手をふりながら近づいてくるのが見えた。禄も手をあげてこたえる。愛実の明るい声と笑顔はあいかわらずで、少しも変わっていない。

「ほら、睦実、行け」

愛実はつないでいた手を放すと、禄のほうを指さした。

「睦実！」

禄はしゃがんで睦実と目の高さをあわせると、こっちだよ、と両手をひろげてみせる。

あれが待ち受け画面の子なんだ、と思いながらカンナも睦実を見ていた。ふっくらした頰《ほお》にはほのかに赤味がさしていて、この子に似ているのなら、事故に遭《あ》った子もきっとかわいかったんだろうな、と思わせる。

睦実は短い足を小刻《こきざ》みに動かして、けんめいに禄のほうへ進んでいく。愛実も微笑みながら、その後ろについていく。

あと少しで睦実が禄にたどりつこうとしたところで、ふいに、強い風があたりを吹きぬけていった。

その風が、睦実の帽子をさらっていく。思わず、カンナも、禄も、愛実も、そちらへ目をやる。舞いあがった帽子は、まるで意志を持ったもののように、ふわり、ふわりと、なだらかな軌跡《きせき》を描いて宙をただよう。

「あのねぇ」

細く高い声が聞こえたのは、帽子が音もなく芝生《しばふ》の上へ落ちたときだった。

今の、だれの声？

一瞬、カンナたちはとまどって、それから睦実を見た。三人の注目をあびながら、再び、睦実は口を開いた。

「むっちゃん、ごましおのおむすび、たべたの。ままのごましおのおむすび、むっちゃん、だいすきでねー。むっちゃんちに、たべにくるー？　むっちゃんね、あいたかったの。まちくたびれたぁ」

まっすぐに禄を見つめながら、睦実は言った。細い声だけれど、はっきりと。

「うそ……、しゃべった……」

愛実は目を見開いて、その場に立ちつくしている。

禄は睦実の肩に両手をかけて、歩いてきたほうへふり向かせると、愛実を指さして問いかけた。

「睦実、この人は？」

「まま」

すぐに睦実が答える。

それを聞いても、愛実はまだ信じられなくて、ふるえる声で睦実に話しかけた。

「もう一回……、言って」

「まま。まま」

「むっちゃん……」

愛実の目から涙がこぼれた。涙はつぎつぎに、愛実の頬をすべりおちる。

「睦実、じゃ、俺は？」

禄は声をうわずらせながら、こんどは自分を指さしてみせる。睦実は顔をくしゃくしゃにくずして笑って、禄に答えた。

「ろくちゃん！」

「すげーぞ、睦実！」

禄は胸の中へすっぽりとつつみこむように睦実を抱きしめて、それから、ちいさな体をかかえあげてカンナのほうへ向けた。

「この人、カンナちゃん」

「かんなちゃん」

すぐに睦実はおぼえて、カンナにもにっこりと笑いかけてくれる。

「はじめまして、睦実ちゃん」

初対面なのに親しみをこめて呼んでくれる睦実に笑顔をさそわれて、カンナもていねいにあいさつを返した。

愛実は涙をあふれさせながら近寄っていって、禄の腕から、睦実を抱きとった。娘のちいさな体を、力いっぱい抱きしめる。

初めて聞いた娘の声。「まま」——聞きたくて、聞きたくて、聞きたくてたまらなかった、ひとこと。やっと現実に聞くことができた睦実の声に、愛実はただ、涙をあふれさせている。

「まま、どうしてないてるの？　おなかすいたの？」

睦実がふしぎそうに、そんなことを言う。愛実は涙をこぼしながら、腕の中の睦実に笑ってみせる。

「ありがとう……。ろくちゃん、ありがとう……」

愛実は何度も禄に向かってくり返して、それからまた、睦実を強く抱きしめた。

そのあとも睦実は、どんどんしゃべった。

それこそ、いっぱいになっていたビンのふたがはずれでもしたように。ついさっきまでひとことも発しなかったとは思えないような、目《ま》のあたりにしてもまだ信じられないような変わりようだった。

愛実たちと別れて、停《と》めてあった車へ乗りこむと、急に禄はだまりこんでしまった。カンナのほうを向こうとせず、窓の外ばかり見ている。

会いたかったの。待ちくたびれた。

禄と最初に顔をあわせたとき、たしかに、睦実はそう言った。

もしかしたら、愛実が禄と電話するのを聞いていて、「ろくちゃん」をおぼえていただけなのかもしれない。

でも、もしかしたら――。

希実の魂《たましい》が、語りかけたのじゃないだろうか。

ほんのいっとき、血のつながった子どもの体を借りて、希実がしゃべったのじゃないだろうか。

会いたかったの。遅いじゃない。また会える日を待っていたの。どうしても、そのことだけはつたえておきたくて――。

カンナはバッグからハンカチをとると、運転席のほうへさし出した。

「なんだよ」

禄はつっぱねるように言って、まだそっぽを向いたままでいる。

「泣いてるのかと思って」

「泣いてねーよ」

「赤沢《あかざわ》さん」

「ん?」

カンナの声の調子があらたまったのを感じたらしく、禄がようやく、ちらりと助手席のほうを見た。

「私も、行きたいところがあるんです」


カンナがまず行きたいとたのんだのは、三年間通った高校だった。

卒業して数年がたっているけれど、校舎のようすはほとんど変わりなかった。カンナたちが着ていたのと同じ制服を生徒たちは着ていて、校庭には運動部のかけ声がひびく。カンナたちがいたときと同じように。

一年生のときに使っていた教室へ入って、自分の席だった場所にすわってみると、湧《わ》きあがるようにいろいろなことが思い出されてきた。入学式の日、初めて朝美を見かけたときのこと。ハルタが真山にボールをぶつけたこと。毎日、四人でおしゃべりしたこと。いっしょにお弁当を食べたこと。

そのあとは、以前に住んでいた団地へ行った。

古いからとりこわされているかもしれないと思っていたけれど、改修もなく、雨じみのめだつ外壁もそのままになっている。

春田《はるた》家のものだった部屋へ行ってみると、すでにほかの家族が入居していた。そのとなりのカンナが住んでいた部屋も同じだった。

ペンキのはげかかっている玄関ドアを見ただけでひき返して、コンクリートの階段をおりていく。

入り口近くまで行ったところで、階段に腰をおろして、団地の敷地を行き交《か》う人たちをながめる。

あちこち見ているうちに、目にとまったのは、集合ポストのそばの壁だった。

ポストの下あたりに、落書《らくが》きのあとが見える。立ちあがって近づいて見てみると、それは背中がギザギザになった怪獣の絵だった。ハルタが描いたものだと、カンナにはわかる。いたずらして油性ペンで描いたものだから、いまだにうっすらと残っている。

そっと怪獣の絵に手をふれると、カンナの頰にかすかに笑みがうかんできた。

「……けっさく」

そのことばをハルタが部屋の壁に書いていった、八年前の夜が思い出されてくる。猫のキスをかわした夜。

同じ団地に住んで、いっしょに成長して、そばにいるのがあたりまえだった。

だから、自分にとってハルタはどんな存在なのか、幼なじみという以上には考えることがなかった。

いつもそばにいた、幼なじみ。

この団地に住んでいたころ、遊び相手はいつもハルタだった。ハルタといれば、楽しくて、安心できた。高校に合格したときも、ハルタといっしょだから心強かった。女友達がいなくたって、ハルタがいればいい。

ハルタさえいれば、だいじょうぶ。

いつも、そう思っていた。

たいせつな人、だった。

そのことを、花火大会のあの夜から、ずっと忘れてしまっていたけれども——。


海沿いの道路を走っていく途中で、禄は車を路肩《ろかた》へ寄せて停《と》めた。

ちょうど日没の時刻で、ゆっくりとかたむいていく太陽の光をうけて、海全体が黄金色《こがねいろ》に染まっている。

カンナはガードレールのそばに立って、燃えあがるように輝きながらうち寄せる波をながめた。

この町に住んでいたときには、こんな夕焼けはしょっちゅう目にしていた。そのころはさして気にとめなかったけれど、あらためてながめると、こんなにも美しい光景だったたかと見とれてしまう。美しすぎて、胸がつまるほどに。

いずれ、団地はとりこわされるだろうし、高校のようすも変わっていくにちがいないけれど、この黄金色の海はいつまでも変わらない。何十年たっても、何百年たっても。

「ちゃんと思い出せた?」

禄がカンナのそばへもどってきて、自動販売機で買ってきた缶コーヒーを手わたしてくれた。

「あの……」

カンナは缶コーヒーを、両手でつつむようにして持った。冷えてきた夕暮れの空気の中で、缶コーヒーの熱さがここちいい。

「うん?」

「魂は……、きっと、いろんなことを忘れないでいてくれるのかな、って。今、つらくて忘れたいことも、思い出せないたいせつなことも……。なにか、そんなふうに思えました」

どんなふうにハルタとすごしたか、ハルタがどんなやつだったか。ずっと忘れそうになっていた。

八年前のあの夜から、まっ先にハルタのことで思い出されるのは、病院で横たわっていたすがたになってしまっていたから。

ハルタはもういないけれど、ハルタとすごした日々は、カンナの中で消えてはいない。

それは、朝美《あさみ》やハルタの父親もきっと同じで、べつの人とつきあうようになっても、新しい家庭を持っても、ハルタとの思い出まで消したわけじゃない。

そして、きっと、ハルタのほうもおぼえていてくれる。

もしも、ハルタに会えたなら、やっぱり睦実のように、会いたかったと笑ってくれる気がする。うらみごとを言うよりも、おまえ、ちゃんとやってんの、カンナはたよりないからな、なんて憎《にく》まれ口をたたく気がする。

だって、ハルタは、そういうやつだったから。

「ほんとはさ、あんたのためって言いながら、自分のためにきたかったのかも……」

禄はカンナのことばにじっと耳をかたむけてから、しばらく口を閉ざしたあと、なかばひとりごとのように話しはじめた。

「なんか、最近、やたらと子ども見るんだよな。だから、ずっと気になって。子ども……、睦実が。あいつ、柿之内《かきのうち》とそっくりな顔で、待ちくたびれた、会いたかった、って……。俺の顔見て初めてしゃべったんだ。なんだ、あいつ。なんだよ、あいつ……」

禄の声はだんだんと乱れていって、最後のほうは涙にくずれて、うまくことばにならなかった。

「やっぱり、要《い》るじゃないですか」

カンナはハンカチをさし出したが、またも禄はかたくなにこばんだ。

「いらない。ハンカチで涙ふく男、キモイ」

「女の前で泣きじゃくってるのが、すでにキモイです」

「ひでーな」

涙声でもんくをつけながら、禄は手で涙をこすっている。

それから、カンナは姿勢を正すと、禄に向かって深くていねいに頭をさげた。

「あの……、今日は、ほんとうに、どうもありがとうございました」

つれてきてもらって、よかった。

自分ではどうにもならなくなっていたのを、ひっぱって、動かしてくれた。

それができたのは、きっと、禄も同じような過去をかかえているから。助けてくれたことに、すなおに感謝をあらわしたかった。

いいよ、というように、禄はだまってうなずく。禄の目はまだ涙で濡《ぬ》れていたけれど、頬にはもうおだやかな笑みがひろがっていた。

scene 19

すれちがい

～ 現在 ～

東京へもどってからも、カンナはずっと、故郷へ帰ったときのことばかり考えていた。意識して考えているわけではないけれど、頭の中がいっぱいになっていて、ほかのことに気持ちが向かない。

出勤しても、パソコンの前にすわって、頬《ほお》づえをつきながらいろいろ考える。

ハルタの弟のこと。初めてしゃべった睦実《むつみ》。愛実《まなみ》の笑顔。禄《ろく》の涙。それに、禄から「試しに」と言われたことへの返事。

携帯電話を手に持って、禄のことを考える。メールしてみようかな。でも、なんて？とりあえず、また飲みに行きましょうとか？

「おーい、瀬戸《せと》、なに、ぼーっとしてんだ。おまえ、先週休んでから、なんか変だぞ」

「へっ？」

横を向いたら、いつのまにか柳原《やなぎはら》がそばに立っていた。いつきたのかさっぱり気づかず、今なにを言われたのかもわからない。

「あのなぁ……」

その反応はあんまりだろう、と柳原はあきれた。仕事に身が入らないのを見て、いろいろな意味で心配しているというのに。

ここはやはり、上司として厳しく注意しておくべきか。それとも、うまいものでも食い

につれていって、じっくり話を聞いてやるべきか。などと、柳原が迷っていると、

「あー、とどけるの忘れてた。だれか、栄収社《えいしゆうしや》行ける人！」

同僚の一人があせったようすで、書類袋を高くかかげてみせた。

「行きます」

間髪《かんはつ》を容《い》れずに、カンナは立ちあがった。

柳原の横をすりぬけて、飛びつかんばかりにして書類をうけとると、上着をはおるのももどかしく駆け出していく。

柳原はデスクのそばに立ったまま、さっきまでぼんやりしていたのがうそのようにてきぱき動きはじめたカンナを、あっけにとられて見送っていた。


会社へ行けば、きっと禄に会える。

そう思うと、カンナの足どりが軽くなる。

受け付けを通って、もう何回もきたことのある編集部をおとずれたけれど、フロアに禄のすがたは見あたらなかった。

「じゃあ、お願いします。あの、赤沢《あかざわ》さんは？」

編集部員に書類をわたしてから、カンナは禄の席に目をやった。禄はまだ、もどってき

ていない。

「さっき、上、行きましたけど」

そうおしえてもらって、カンナは礼を言って編集部を出ると、その足ですぐにエレベーターにのりこんだ。

なにかの特集の撮影をしているらしく、屋上では、十人近いスタッフがせわしなく立ちはたらいていた。

その中心にいるのは、野原《のはら》だった。今日はいつもに増して華《はな》やかな雰囲気《ふんいき》をただよわせていて、カメラに向かってあでやかに微笑《ほほえ》んでいる。

「ライティングチェンジしまーす」

ひと区切りついたところで、スタッフの指示が飛んで、現場の緊張がほどける。

野原もほっとしたようにポーズをくずしてから、少し離れたところから見ているカンナに気づいて、「あ!」とちいさく声をあげた。

「あ、こんにちは」

カンナは自分から近寄っていって、野原に両手で名刺《めいし》をさし出した。

「先日は、きちんとごあいさつもできずに、大変失礼しました」

相手は有名な漫画家なのだから、本来ならば、メロンワークスの社員としては、最初に試写会で見かけたときに正式にあいさつしておくべきだった。不勉強なところ、改善していくべきところはいろいろあるけれど、こういうところもまだまだなと自分でも思う。

「はいはい」

野原はさして怒っているようすもなく、自分も名刺をさし出した。自宅の住所がしるされたその名刺には、自筆のかわいらしい女の子の絵がそえてある。一目で漫画家の名刺とわかる、手のこんだものだ。

「赤沢くん？　なら、もう出たわよ」

カンナがなにも言わないうちから、野原が察《さっ》して先まわりをした。

「……そうですか」

すれちがってしまって、なんとなくタイミングがあわない。今日は、あきらめて帰ったほうがよさそうだった。届け物で会社を出てきたのに、あまり長い時間うろうろしているわけにもいかない。

「すみません、おじゃましまして」

カンナが会釈《えしゃく》をして背を向けようとしたとき、野原の声が聞こえた。

「そういえば、明日、赤沢くんの誕生日ね」

「え？」

カンナは足を止めて、野原をふり返った。

「知らなかった？　あたしのうちで、いっしょにお祝いするの。彼、つきあってくれることになって」

「え？　つきあう？　だれと……」

「あたしと」

あたりまえでしょ、という表情をして野原は答える。

目の前にいる野原を見つめながら、カンナは今聞いたことを頭の中でくり返した。聞きまちがえをしていないか、自分にたしかめるように。

今、つきあうことになった、と野原は言った。それで、いっしょに誕生日のお祝いをするんだ、と。まちがいじゃない。たしかに、そう言った。

「……ああ」

とっさになにを言うこともできなくて、カンナがあいまいにうなずくと、スタッフの呼びかける声がわりこんできた。

「野原先生、お願いしまーす」

「はーい。じゃあ」

野原はスタッフに明るく返事をすると、カンナに微笑みを残して、カメラの前へもどっていった。

その夜、カンナはアパートの部屋でひとり、コンビニで買ってきたナポリタンを遅い夕食にとっていた。

ほんとうは、マスターがつくってくれたできたてのナポリタンが食べたい。でも、バーへ行ったら、禄とはちあわせするかもしれない。あの雨の夜のように、野原もいっしょにいるかもしれない。

もしそうだとしても、大きな顔して行けばいいのだけれど、やっぱりひるんでしまう。なんでこっちが遠慮しなきゃなんないの、とは思うけれど……。

「つきあうことになった、ねぇ……」

プラスチックのフォークでナポリタンをつつきながら、カンナはひとりごとをもらした。

今朝までとちがって、今は、野原から聞いたことで頭がいっぱいになっている。

つきあうことになったって……、どういうこと？

私がすぐに返事をしなかったから、はい、つぎいこう、ってこと？

そりゃあ、べつにいいんだけど。野原先生とつきあうことに決めたっていうなら、それでもいいんだけど……。

携帯電話の着信音が聞こえてきたのは、そんなことをぐるぐると考えていたときだった。

だれだろう、話すのがおっくうだな、と顔をしかめながら画面を見ると、そこには清正《きよまさ》の名前が表示されていた。

scene 20

ハルタの写真

〜 現在 〜

翌日、待ち合わせしたところへ行くと、清正《きよまさ》はいつもの人なつこい笑顔でカンナをむかえてくれた。

「はい、これ」

清正はバッグの中からアルバムを出して、カンナに手わたしてくれる。

小、中学生や、高校一年生のころまでの写真が入っているアルバム。

ふだんのスナップ、旅行先の写真、正月の写真、清正といっしょにハルタも何枚も写っている。ハルタと清正はいつもふざけあいながら写っていて、いつも楽しそうで、どの写真も笑顔ばかりだった。

「ほしいの、どれでもぬいて、いいからね」

あいかわらず清正はやさしくて、気づかうようにカンナに言ってくれる。

「うん、ありがとう」

カンナはうなずいて、一ページずつ、アルバムをめくっていった。

高校三年のときにも、今日と同じように、清正にたのんでアルバムを見せてもらった。

でも、あのときには、自分からたのんでおきながら、結局、一枚も写真をもらわずに帰ってしまった。

写真をもらって、机の上に飾ったりとかしたら、すべてがもうすぎ去ったことになってしまう。ハルタのことはぜんぶ昔話になって、写真はその記念品とか、思い出の証《あかし》。そんな気がして、写真を持っていくことができなかった。

でも、今日は、高校生のときとはちがう気持ちで、アルバムのページをめくることができる。アルバムの中にいるたくさんのハルタから、目をそらさないでいられる。

「これ、いい？」

最後まで見終わったところで、カンナはひときわ楽しげに笑っている写真を選んで指さした。

「もちろん。あのさ……」

「うん？」

「ハルタのことなんだけど、言おうかどうしようか、ずっと悩んでて……。禄《ろく》さんには、言うなって言われたし」

「赤沢《あかざわ》さんが？　なんで？」

「カンナちゃんには、残酷《ざんこく》だって……。けど、あいつは、ほんとに、ほんと〜っに、だいじに思ってたんだよ、カンナちゃんのこと」

ほんとだよ、信じてよ、と言いたげに、清正はことばに力をこめる。

ハルタと親しかった清正がそう言ってくれるのだから、それを疑ったりはしない。ただ、ハルタ自身は、ことばにしてはなにも言ってはくれなかった。

「でもね、清正くん。私、なにも聞いてないの、ハルタからは。おしえて」

「うん……」

清正は少しのあいだ口を閉ざしてから、静かな声でカンナに語りはじめた。八年前の夏のことを——。


八年前、あの花火大会の夜。

打ち上げの音があたりにこだまする中、あの夜も、ハルタは清正といっしょに、いつものガソリンスタンドでアルバイトにはげんでいた。

店長は事務所に入って売り上げの計算などをしているし、客足はとぎれている。さして急ぎの作業もない。二人は鼻歌をうたったりしながら、あずかっている車を洗っていた。

「ハルタの好きな人って、カンナちゃんだろ?」

清正がそう話題をふったのは、二人のほかにだれも聞いていないという気やすさからだった。

ハルタがカンナに惚《ほ》れこんでいることは、男どうしならすぐにわかる。

だから、即座にきっぱりした返事があると思ったのに、なぜか、ハルタは車のわきにしやがんでだまったままでいる。

「なんか、オレ、いけないことをきいた？」

清正が遠慮がちにたずねても、ハルタは答えない。それから、ホースの先から流れ出る水を見つめながら、なかばひとりごとのようにつぶやいた。

「オレさあ、なんで、こんな自信ねぇんだろうな」

「自信？」

「なんでだろうな。オレ、あいつのことだけは、どうしても、いちばん自信ねんだよ。いちばんだいじなことなのに……。踏み出そうとしても、なんでか足がすくむんだ。どっかに落とし穴があるような気がして、落ちたら、もうもどれないんじゃないかと思うと……、ビビる」

ハルタの横顔は、ひどくたよりなさげだった。

かっこよくて、女の子に人気があって、いつも強気だったハルタが、こんなに気弱なことを口にしている。

でも、本音をうちあけてくれたのが、少しうれしくもあった。ハルタがこれまでになく身近に感じられて、清正は明るい調子をつくって言った。

「落とし穴って、なんだよ。落ちたらもどれない穴なんかねぇよ。這《は》いあがればいいだけのことじゃん」

「そうなのかな……」

「そうだよ！　ばっかみてぇ！」

「はあ？」

むっとしたように、ようやくハルタが顔をあげた。清正は軽く笑って、さらにハルタをあおる。

「うじうじしてんじゃねーよ、ヘタレ！」

「ヘタレ⁉」

「ビビってねーで、行けよっ！」

「行くよ！　あー、そうだよ、ヘタレだよ。ヘタレでわりーかよ！　ほんと、こえー！　めちゃくちゃこえーんだよ。けど、オレ……」

ふっと、ハルタの声がちいさくなる。

「なんだよ？」

「オレ、あいつがいて、すっげー幸せなのっ！」

思いきったように、ハルタは力をこめて言ってから、

「……みたいな？」

と、冗談めかしてつけくわえた。

ハルタのくちびるの端には笑みがにじんでいて、どれほどカンナを好きなのか、その表情でつたわってくる。

ハルタの微笑《ほほえ》みがまぶしくて、清正はわざと荒っぽく言った。

「つーか、照《て》れるわ、こっちが」

「うっせぇ！　ばーか！」

ハルタは持っていたホースの先をすぼめて、清正へ向かって水を浴びせた。清正はあわてて逃げながら、べつのホースをひろいあげて、ハルタのほうへ水を飛ばす。

ばかはどっちだ、そっちだ、おまえだ、と二人は言いあいながら、ホースで水をかけてふざけあった。

そして、それが、最後の会話になった。

バイトが終わって、いつものように手をふって別れたその帰り道で、ハルタは事故に遭《あ》ったから——。

「あのときの、あいつの顔、なんか忘れらんなくて……」

涙がにじみそうになるのをこらえているのか、清正は苦しげに顔をゆがめる。

それでも、清正はやっぱりやさしくて、自分のことよりも、ひたすらにカンナを気づかってくれる。

「だいじょうぶ？」

「うん……」

カンナはうなずいてから、清正に微笑みながら言った。

「ありがとう。今、聞けて……、よかった」

清正のおかげで、やっと、ハルタが考えていたことを知ることができた。

足がすくむとか、落とし穴とか、ハルタはいっさい口にしたことがなかった。いつだって、ハルタは強気にふるまっていた。うちあけてくれたらよかったのに。自信がないんだと、そういうことでいいから、話してくれたらよかったのに——。

清正と別れたあと、カンナはハルタの写真をたいせつにバッグへしまうと、一人、街の中へ歩き出した。

ゆっくりと足を進めながら、清正からおしえられた話のことを考える。

『いくよ』

ふいに、ハルタの声が聞こえた気がして、カンナの足が止まった。

ひっきりなしに人の行き交《か》う歩道のまん中で立ち止まって、声の行方《ゆくえ》を追うように、空をあおぐ。

十五歳のころ、ハルタがそばにいるのはあたりまえだった。その日常が変わるかもしれないなんて、想像したことさえなかった。

でも、突然、ハルタはいなくなってしまった。

今日のつづきに、かならず明日がくるとはかぎらない。

明日があるとは、かぎらない。

あおぎ見る空に声をさがすうちに、いつしか、カンナの足は前へ進みだしていた。だんだんと足は速くなっていき、走る靴音が歩道にひびく。

ふり返ってみれば、これまでは、なにかにいっしょうけんめいになることがなかった。

いつか、そのうち、まあいいか。いつも、そうやってやりすごしてきた。

でも、こんどだけは、そんなふうにしたくない。

私、こんな気持ちになったことなかった、と息を切らして走りながらカンナは思った。

私は、ほとんど初めて走ったのかもしれない。ぼんやりしているあいだに、消えてしまわないように。

scene21

あなたをひとりにしない

～ 現在 ～

野原《のはら》の仕事場を兼《か》ねた自宅マンションは、都内の便利な場所にある。最寄《もよ》り駅にもほど近く、オートロックの設備はもちろん、広いロビーにはソファーセットが備えてあり、受け付けには二十四時間コンシェルジュが待機している。

暖炉《だんろ》が備えられた広いリビングルームでは、先ほどから、禄《ろく》と野原がソファーセットで向かいあっていた。二人は顔をつきあわせて、熱心に話しあっている。

「ぼくは、いつでもだいじょうぶです。先生は？」

「そうだなあ。来週だったら、だいじょうぶかも」

「じゃあ、来週にしましょう」

話が終わって、二人が微笑《ほほえ》んでうなずきあったとき、ロビーにつながるインターフォンが鳴った。

「はい」

受話器をとりあげた野原は、モニター画面を見つめたあと、禄をふり返った。

「赤沢《あかざわ》くーん、お客さん」

「へ？」

客で行った先に、客がくる。どういうことかと禄は首をひねりながらも、部屋から出ていった。

野原はそれを見送ってから、しばらくその場に立っていた。

でも、自分にたしかめるように一度大きくうなずくと、隣室から顔をのぞかせたアシスタントに声をかけた。

「さて、と。ケーキ、食べちゃおうか」

明るい調子で野原は言って、ホールケーキの入った大きな白い箱を持ってくる。

「え、赤沢さんは？　帰ったんですか？」

アシスタントに問われて、野原はしばらくだまってから、なんでもなさそうに答えた。

「うん。帰った」

テーブルの上にホールケーキの箱を置いて、そっとふたを持ちあげる。

中にあるのは、バースデーケーキ。

今日のために有名店で予約して、いちばん上等のケーキを選んで、お祝いのことばも入れてもらった。

でも、主役の禄は、たぶんもう、これを食べにはこない。

「よっしゃーっ！　これ食べたら、はたらくぞーっ！」

野原は自分に言い聞かせるようにことさら大きな声を出すと、ホールケーキにナイフを入れた。

もらった名刺《めいし》の住所をたよりに、カンナは野原のマンションへやってきた。今日はここで、禄の誕生日パーティーをしているはずだ。

エントランスホールで待っていると、ほどなく禄がおりてきて、カンナを見て目をみはった。

「はあっ？　どーしたの？　こんなとこまで……」

「あの！」

「うん？」

「い……、言いたいことが、あります」

もう、相手から言ってもらうのを待たない。状況が動いてくれるのを、ぼんやりと待ったりしない。

どうしてもたいせつなことは、自分からつたえたい。

そう決心して、ここまで走ってきた。

でも、いざ、禄と顔をあわせたら、ことばが出てこない。

「なに？」

禄がいぶかしげに、カンナをうながした。

なにと問われると、よけいに言いにくくなる。カンナは口ごもりながら、うつむきがちに話しはじめた。

「なにって……、その、せっかくの誕生日だし。おめでとうって言いたかったし。それで……、それで、気持ちつたえようって思って。でも、あーっ！　もう、つきあってるって聞いたしっ！」

「つきあってる？」

「野原先生とお幸せに！」

「はい？」

禄の顔を見ないようにして、カンナは背を向ける。

「おい……、ちょっと！」

後ろから禄の声が聞こえたけれど、カンナは足を止めずに、エントランスホールから駆け出した。

野原のマンションからとにかく遠ざかろうと、カンナは走った。あわただしい足音が後ろから聞こえていて、禄が追ってきているのはわかっていたけれど、カンナはふり返らなかった。

しばらく走ったところで、禄が追いついて、後ろからカンナの腕をつかんだ。その直後、カンナはふり向きざまに、禄の顔めがけて右手を思いきりふりぬいた。

「いてっ」

ふい打ちをくらって、禄がよろめく。その平手《ひらて》打ちが引き金になったように、カンナはさっきとはうって変わって激しく禄を責めた。

「お試し期間とか、言い方、変だったし。返事だってしてないのに、どーいう神経？　ふつー、すぐつぎとか、ありえないでしょ？　最っ低！」

禄が野原とつきあうと決めたなら、口出しする権利はない。いさぎよく、二人の幸せを願うべきだろう。

そう思ったけれど、いっきに本音が噴《ふ》き出してしまった。ほんとうは、今、猛烈《もうれつ》に怒っている。ここまで、だれかに怒ったのは初めてだった。

「あのさぁ、なんか、かんちがいしてない？」

禄はひっぱたかれた頬《ほお》をさすりながら、ため息をつくように言った。

「え？」

「だれとだれが、つきあってるって？」

「先生と、あなたが……」

「つきあってるよ、打ち合わせを」

「打ち合わせ?」

「漫画の打ち合わせ。締め切り間にあわないって、泣きつかれて」

「あ……」

そういうことだったのか。そういえば、「つきあってくれる」の意味をしっかりとたしかめなかった。

「それで? 俺につたえたい気持ちって?」

もう充分に察《さっ》しはついているくせに、禄はわざといたずらっぽくたずねてきた。

「いや、ちょっと……。今日はもう、アレなんで……」

カンナは口ごもって後ずさる。

「あああ! もう、ホント、めんどくせぇ〜っ!」

いつかの雨の夜のように、禄は髪をかきむしってから、うむを言わさずカンナを胸に抱き寄せた。

「いいか? こんどはちゃんと言うから、きちんと答えてほしい」

「ど、どうぞ」

「ずっといっしょにいたいくらい、好きだ」

それから、禄は体を離して、カンナと目をあわせた。

「で?」

あらためて返事の催促《さいそく》をされると、カンナはまた逃げ出してしまいそうになる。

でも、こんどこそ、逃げたらだめだ。ほんとうにたいせつなことは、自分からつたえなくては。今、つたえなくては。

「私も、あなたをひとりにしたくないです。ひとりに……、しません」

カンナはそう告げると、軽くかかとをあげて背伸びをして、自分のくちびるを禄のくちびるへ押しあてた。

数秒後、カンナがくちびるを離すと、禄はまばたきも忘れたように目をみはっていた。なかばぼう然としながら、カンナにたずねる。

「……なに、今の?」

「誕生日プレゼント、ないから……。帰ります」

カンナはまたうつむいて、小走りに歩き出した。いそいで禄が追ってくる。

「ちょっと待て。今の、よくわかんなかった。もう一回、もう一回してみよ!」

「いいですっ」

とても禄の顔を見られそうになくて、カンナは足を速める。立ち止まらないカンナに向かって、禄が声をはりあげた。

「カンナ！」

初めて、呼ばれた名前。

思わずカンナは足を止めて、禄をふり返った。

ゆっくりと、禄が近づいてくる。禄はカンナの前に立つと、見あげるカンナにそっと顔を寄せていく。

くちびるを離したあと、二人は間近《まぢか》で微笑みを交わしあった。それから、どちらからともなく手をとる。

しっかりと手をつないで、カンナと禄は歩き出した。

過去は変えられないけれど、未来は変えられる。

過去をいっしょにかかえて、明日へ向かって、これから二人で歩いていく。

——終わり——

Interview

長澤まさみ

Masami Nagasawa

いくえみ先生が描く男子は、女の子の理想のタイプが多い気がします。

ながさわまさみ●1987年6月3日生まれ。静岡県出身。第5回「東宝シンデレラ」グランプリ受賞でデビュー。『世界の中心で、愛をさけぶ』、『モテキ』など代表作多数。

――いくえみ綾先生のファンだそうですが、原作のどんなところに魅力を感じますか？

登場人物たちのリアルなところ。いい人ばかりじゃなく、ちょっと嫌な部分があったり、毒を持っていたりするところが、すごく好きです。百加もカンナに対して、女としてちょっと……と思っていたり、朝美もカンナに嫉妬心があったり、というのがリアルでいいんですよね。人間味がある人たちが出てくるから、大人も子供も楽しめる恋愛ストーリーになってるのだと思うんです。あと、いくえみ先生が描く男子は、女の子の理想のタイプが多い気がします。

――長澤さんご自身は、どの男性キャラクターがお好きですか？

禄が大好きなんですけど、キヨも好きです。かわいくて、ゴールデンレトリバーみたい(笑)。

――台本をお読みになったときの感想は？

よく2時間にまとまったな、と(笑)。カンナと禄の良さも描かれているし、二人がお互いに勇気づけあって過去を乗り越えていく、というのも綺麗に描かれていていて……。でも原作ファンとしては、「ここ入れてほしかった！」というシーンもありました(笑)。漫画はいいセリフが多いんですよ。

――長澤さんから見たカンナはどんな女性ですか？

カンナは女らしく、器が大きいですよね。優しくて、いろいろなことを受け入れてしまう分、自分の中に溜め込んでしまって、深い闇から抜け出せない部分も多いと思います。でも、何でも受け入れるわけではなく、自分の意志もはっきりしていて、単なるいい子ちゃんではないところに憧れますね。過去に自分を見失うような出来事があったのに、今は前向きに生きているのも、彼女の良さだと思います。

――そんなカンナに共感する？

共感するというか、私自身も作品のファンだったので、お話をいただいたときは正直、やりたくないな、と思ったんですよ(笑)。ファンの方の気持ちもわかるし、自分の中にもカンナと禄のイメージがあったので。でもカンナの前向きに生きているところ……ハルタの後を追うという選択もあったのに、その道を選ばずに生き続けている健気なところに勇気をもらったので、私も頑張ろうと思いました。

——15歳の高校生と23歳の社会人の姿が描かれていますが、演じ分けで気をつけたところは？

子供らしさが出るように、声のトーンを変えたりしました。あとは若い頃はキラキラ生き生きと演じられたらいいな、と思っていましたね。その場のノリみたいなものも大事なので、高校生役の4人で、空気感を一緒に作っていました。みんなで15歳のテンションになっていたと思います（笑）。大人になってからのカンナは、漫画を読んだときに感じたのですが、ときどきポーカーフェイスの部分があるんですよ。そういうときに昔のことを思い出してたりするのかなぁ、と……。それがアンニュイに見えたりして、禄はそういう表情にドキッとして興味をそそられたのかな、と思いながら、「時が止まっている」という雰囲気を出せるように演じました。

——カンナの表情が印象的で、セリフ以上に気持ちが伝わってきたような気がします。

カンナは多く語らない分、表情で心情を表していると感じたんです。セリフにはない本心を表情で伝えられるよう、漫画を教科書にして「迷ったら漫画を見る」と……。私以外の出演者も、漫画を教科書にしていたみたいです。この作品のファンなので、漫画の世界観に近づけられるように、という努力は常にしていました。それは私だけでなく、スタッフの方々もみんな原作を大切にしていましたね。

みんな原作を大切にしていましたね。

——岡田さんの印象は？

愛されキャラな俳優さんだと思いました。みんなに人懐こく近づいていて、まわりの人が放っておけなくなるタイプかな、と……。

――もともと禄がお好きだったとのことで、岡田さんが演じた禄に対する印象は？

いくえみ先生の作品に出てきそうなお顔をされてるので、ピッタリだと思います(笑)。内面的にも、撮影中にこだわりがある方なんだな、と感じることが何度かあって……例えば、監督とお芝居について話し合いをしてるときとか。一見、愛されキャラの優しいイメージですが、そういうこだわりを持っているところや、自分の意見を言うところは男らしくて、禄と共通するものを感じました。

――カンナは禄との出会いで前に進めました。長澤さんご自身は、嫌なことやツライことをどうやって乗り越えますか？

私、引きずっちゃうタイプなんです……。それに、忘れることはできないと思います。「乗り越えて次へ進もう」と気持ちを奮い立たせても、ふとした瞬間に思い出してしまったり……。でも、悲しさやツラさを知ったから、新しい気持ちも知ることができる、と前向きにとらえるようにしています。迷ったことがあったとしても、それを過ぎると人間が一回り大きくなっているような気がします。

――最後に、この作品の映画ならではの魅力を教えてください。

人間味ある登場人物が、ちゃんと人間になって出て来て(笑)、温かみのある映画に仕上がっています。原作のセリフが良いから、映画になっても違和感がないし、原作の世界観の良さをちゃんと残していると思うので、漫画ファンの方にとってはいろいろな思いはあるかもしれませんが、見ていただけたら嬉しいです。穏やかで優しくて、秋にピッタリな映画になっていると思います。

私、引きずっちゃうタイプなんです…。

構成・垳田はるよ 撮影・五十嵐和博、小田原リエ

潔く柔く

Interview

岡田将生

Masaki Okada

恋愛だけでなく
人間を描いているところに
惹かれました。

おかだまさき●1989年8月15日生まれ。東京都出身。2006年デビュー。今秋は10月クールドラマ『リーガル・ハイ』の他、映画『謝罪の王様』『四十九日のレシピ』と出演作が続く。

――映画『潔く柔く』は、いくえみ綾先生の初映像化作品ということで、ファンの期待も大きいと思うのですが、プレッシャーは？

プロデューサーさんから「すごく人気のある作品だ」と何度も言われて、「そんなにすごいんだ」と……なんでプロデューサーさんからプレッシャーを与えられなきゃいけないんだ、と思いながら(笑)。でも悪い意味ではなく、「そこを踏まえて、自分なりの禄ちゃんを作っていってほしい」と言われたので、責任を感じつつも、この作品に真摯に向き合っていこう、という気持ちになりました。

――岡田さんが感じる原作の魅力は？

新城監督もおっしゃってたんですけど、映画っぽいところですね。カット割りも、漫画に沿っているところがあるそうです。キャラクターも奥深くて、いい意味で漫画的ではなく、リアルだと思いました。あと、普通のラブストーリーだったら、二人が出会って恋愛していく過程を描くのに、恋愛が始まるってところで物語が終わってしまうというのが……あまり見たことなくて、おもしろいですよね。恋愛だけではなく人間を描いているところに惹かれました。

――『赤沢禄』というキャラクターにはどんな印象を持ちましたか？

最初に読んだときは摑めなくて、今も摑めているのか定かではないんですけど……。最初に読んだ印象では、大人と子供の狭間にいるようなかわいらしさがある、魅力的なキャラクターだと感じました。僕はあんなふうに、女性に対して思ったことをズバッと言えないので、禄ちゃんスゴイなぁと(笑)。

――演じるときに気をつけたことは？

僕自身は子供なので、大人になってからの場面は大人っぽさをすごく意識しました。あと、先程も言いましたが、禄のことを100%理解してるとは言えなくて……でも、大人と子供の狭間にいるような部分もあれば、すごく大人な一面を持っていたりもする、一言で説明できないところが禄の魅力だと思ったので、全部摑み切れないところが、むしろ禄っぽいのかな、と……。撮影中は常に禄のことを考えていたし、行動や発言の意味は僕なりに理解して演じたつもりですけど、根本的な部分はわからなくてもいいのかな、と思いながら演じました。監督と、長澤さんが演じたカンナに助けられて、禄が出来たのだと思います。

――カンナと禄は出会いの印象が最悪ですが、そういうところから始まる恋愛はどう思いますか？

実際に演じてしまったので、今はこういう恋愛もいいな、と思ってます（笑）。どちらも好印象でない中で、言いたいことを言い合ってお互いを知っていき、恋愛に発展する、という……そういう出会いもいいですよね。正直、自分自身が同じ体験をしても、そういう相手に好意を抱くのは難しいかも（笑）。でも、カンナと禄の出会いは偶然ではなく必然だと思うので、素敵な関係だと思います。

――監督の言葉の中で印象に残っているものは？

『僕の初恋をキミに捧ぐ』に続いて二度目なので、最初からコミュニケーションは取れていて、「成長したな」というお言葉をいただけたので、光栄でした（笑）。演技については、『僕の～』のときは、すごく細かく言われたんですけど、今回は僕のクセとかやり方とかを知っていてくれたので、「自然にやってくれ」とだけ……。唯一言われたのが「大人は会話をしているときに、あまり人の目を見ないよ」ということで、それが僕の中では一番印象的でした。そこを意識することで、高校時代と大人になってからを対照的に演じられたような気がします。

カンナと禄の出会いは偶然ではなく必然だと思う。

――視線の置き方が演じ分けのポイントに？

そうですね。あと演じ分けで助けられたのは、池脇千鶴さん演じる愛実の存在です。ロケ地の都合で、大人になってからを先に、高校時代を後から撮ることになり、しかも間があまり空かなかったので、切り替えが難しかったんです。でも、池脇さんが現場に入ると、パッと新しい雰囲気を作ってくれるんですよ。それで僕も新たな気持ちになれたので、助かりました。役者の先輩としてさすがだな、と……勉強させていただきました。

――長澤さんはどんな印象でしたか？

僕が撮影に入ったときには、カンナというキャラクターを摑んでいるように見えたんです。僕としては焦りもありましたが（笑）、長澤さん自身は常に明るく盛り上げてくれました。いつも笑顔のイメージで、どのスタッフさんとも分け隔てなくナチュラルに話していて、すごく素敵な方でした。

**ちゃんと向きあっていけば
素敵な恋愛ができる。**

――その中で岡田さんのポジションは？

スタッフさんも『僕の～』とほぼ同じ方々だったので、みんなお父さんみたいな感じなんです。いじられ、かわいがられました（笑）。すごく楽しかったです。

――最後に、岡田さんが感じる、この作品の映画ならではの魅力を教えてください。

まずは映像が綺麗ですよね。ロケーションにはスタッフさんたちが苦労していたみたいですが、その甲斐あって、景色がすごく綺麗です。僕自身は人と真正面からぶつかろうとすると臆病になってしまうんです。何故かと言うと、思ってることをなかなか言えなかったり、思ってもいないことを言ってしまったりするので……。でも人と人とがぶつかり合うのは、恋愛では重要なことで、この映画はそれをすごく表していると思います。映画『潔く柔く』を見て、人に対して臆病にならず、ちゃんと向き合っていけば素敵な恋愛ができる、と少しでも感じていただければ嬉しいです。

構成・垳田はるよ　撮影・五十嵐和博

潔く柔く

本書は、映画『潔《きよ》く柔《やわ》く』の脚本を基に小説化したものです。
小説化にあたり、映画と異なる部分があることをご了承ください。

●著者紹介●

下川香苗（しもかわ・かなえ）

作家。岐阜県出身。1984年、Cobalt短編小説新人賞に入賞。コバルトシリーズに『天使なんかじゃない』『ご近所物語』『下弦の月〜ラスト・クォーター』『NANA』『NANA2』『天然コケッコー』『君に届け』『有閑倶楽部』などがある。

いくえみ綾（いくえみ・りょう）

10月2日生まれ。1979年別冊マーガレット7月号「マギー」でデビュー。透明感あふれるタッチで描き出される軽快なストーリーは、多くの読者を魅了し続けている。『POPS』『I LOVE HER』『バラ色の明日』『私がいてもいなくても』『かの人や月』『子供の庭』『潔く柔く』『プリンシパル』など著書多数。

映画ノベライズ
潔《きよ》く柔《やわ》く
2013年10月9日　　第1刷発行

著者・下川香苗
原作・いくえみ綾
発行者・鈴木晴彦
発行所・株式会社 集英社
〒101—8050 東京都千代田区一ツ橋2—5—10
電話　編集部：03—3230—6268
販売部：03—3230—6393
読者係：03—3230—6080
印刷所・図書印刷株式会社
定価はカバーに表示してあります。

ISBN978-4-08-609058-2 C0093

胸キュン人気マンガが小説で楽しめる♥
君に届け 1〜13
小説 下川香苗 原作 椎名軽穂
黒髪ロングの見た目のせいで貞子と呼ばれる爽子《さわこ》は、誰にでも優しく接する男子・風早《かぜはや》と出会った…。
俺物語!! 1・2
小説 下川香苗 作画 アルコ 原作 河原和音
不器用だけどアツくてまっすぐな猛男は男子の人気者! そんな猛男《たけお》がある日、本気の恋に落ちた!!
アオハライド 1〜3
小説 阿部暁子 原作 咲坂伊緒
周りから浮かないように自分を偽って過ごす双葉《ふたば》の前に、初恋の相手によく似た男の子が現れて…?
好評発売中 コバルト文庫